Leona Ravens

Darina –
Die Jungfrau und der Kriegerkönig

Buch

Darinas Welt bricht zusammen als sie mit dem berüchtigten Kriegerkönig der Pretarier verheiratet werden soll und ihm in sein Reich folgen muss. Er stellt Dinge mit ihr an, die sie gleichermaßen schockieren und faszinieren. Doch während sie dem Mann mit den Bernsteinaugen langsam näher kommt und beginnt, die dunklen Geheimnisse zu lüften, die ihn umgeben, gerät sie selbst immer mehr in Gefahr - denn nicht jeder ist dem ungewöhnlichen Mädchen wohlgesonnen.

Autorin

Leona Ravens ist das Pseudonym einer österreichischen Autorin, die schon als Teenager langweilige Schulstunden dazu nutzte, aufregende Geschichten aufs Papier zu bringen. Später machte sie ihre Leidenschaft zum Beruf und begann als Journalistin für bekannte Magazine zu schreiben. Wenn Leona nicht gerade vor dem Computer sitzt, kauft sie zu viele Schuhe, macht zu wenig Sport oder stürzt ihre Küche beim Versuch, etwas Essbares auf den Tisch zu bringen, ins Chaos.

Leona Ravens

DARINA
DIE JUNGFRAU
UND DER KRIEGERKÖNIG

Erotikroman

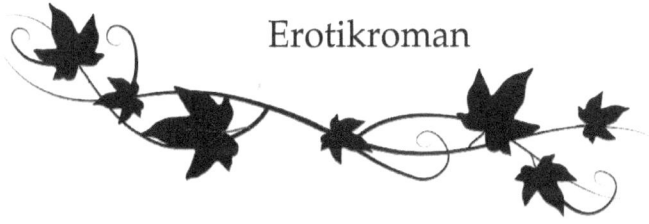

Diese Geschichte entführt in eine längst vergessene Zeit voller Abenteuer und Gefahren und enthält neben Spannung, Dramatik und großen Gefühlen auch explizite Erotik.

Originalausgabe 04/2015
Copyright © 2015 by Leona Ravens
Verlag: pink monday publishing e.U.
Umschlagillustration und -gestaltung: Damian M.
Bild: Eugene Partyzan @ shutterstock.com
ISBN-13: 978-3903041035
ISBN-10: 3903041033

PROLOG

»Ihr wart doch noch nie mit einem Mann zusammen, oder?«

»Natürlich nicht!«

Energisch schüttle ich den Kopf.

»Dann habt Ihr nichts zu befürchten!«

Endea nimmt mir den Umhang ab und beginnt die Schnürung meiner Gewänder am Rücken zu lösen. Ihre Bewegungen sind sanft, fast zärtlich. Sie streicht mir den hellen Leinenstoff über die Schultern, lockert Schlaufe für Schlaufe das enge Korsett, bis mein Oberkörper frei liegt. Es ist kühl im Waschraum und ich kann spüren, wie sich die feinen Härchen auf meiner Haut aufrichten. Meine Knospen tun es ihnen gleich. Reflexartig nehme ich die Arme hoch, um mich zu schützen.

»Es gibt keinen Grund Euch zu verstecken. Ihr habt sehr schöne Brüste!«

Mit einem Lächeln schiebt die Zofe meine Arme wieder nach unten. Dann macht sie sich an meinen Röcken zu schaffen, bis ich auch untenrum völlig unbekleidet bin. Es ist eigenartig, nackt vor ihr zu stehen, auch wenn sie meine Zofe ist. Ich bin es nicht gewohnt, mich von anderen entkleiden oder gar waschen zu lassen. Zögerlich nehme ich Endeas Hand und lasse mir von ihr in die Wanne helfen. Das Wasser ist warm und angenehm, es umspielt meinen Körper und streichelt meine Haut.

»Ihr müsst keine Angst haben, Kralica. Ihr habt einen wunderschönen Körper und der Kral wird sehr zufrieden mit Euch sein!«

Endea lässt den weichen Schwamm in kreisenden Bewegungen über meinen Rücken tanzen.

»Überlasst einfach dem Kral die Führung und tut was er von Euch verlangt.«

Während die Zofe meine Schultern schrubbt, rutsche ich tiefer in die Wanne und sehe zu, wie die Flüssigkeit mein langes, helles Haar eine Nuance dunkler färbt. Endea schaufelt mit dem Becher Wasser über meinen Kopf und beginnt vorsichtig meine Mähne zu reinigen. Ihre Berührungen fühlen sich gut an und sie schafft es tatsächlich, dass ich ein Stück weit ruhiger werde. Trotzdem spuken noch immer hunderte von Fragen durch meinen Kopf.

»Wird es weh tun Endea?«

»Nein Kralica. Man sagt, es sei das schönste Gefühl überhaupt, mit einem Mann zusammen zu sein. Und Ihr werdet nicht mit irgendeinem Mann zusammen sein, sondern mit dem Kral!«

Endeas Schwamm gleitet Strähne für Strähne durch mein langes Haar. Dann streicht sie über meine Kopfhaut und über die Stirn. Ich schließe die Augen und genieße einen Moment lang einfach nur die Behandlung. Den sanften Druck, mit dem sie erst meine Wangen abtupft, dann meinen Hals. Das Wasser macht mich müde und meinen Körper schwer. Aber es fühlt sich dennoch gut an. Schützend und wärmend umgibt es mich wie ein Kokon, der alles Übel der Welt von mir fern hält. Bloß eines nicht.

»Was ist, wenn nicht er es ist, der mich beim Brautlauf fängt?«

Ich reiße die Augen auf, um die Zofe anzusehen und um die hässlichen Bilder auszublenden, die ich sonst vor mir habe. Bilder, die zeigen, wie ich durch den Wald laufe, gehetzt von einer johlenden Meute. Wie ein Rudel wilder Tiere sind die Männer hinter mir her. Sie jagen mich, sie kämpfen miteinander, sie kommen immer näher. Bis der Erste mich eingeholt hat und mich zu Boden zerrt. Er wirft mich auf einen Stein, reißt das weiße Hochzeitskleid von meinem Körper, um mich zu nehmen. Um sein Recht einzufordern. Um mich zu öffnen.

Ich spüre Endeas Hand, die jetzt zärtlich mein Dekolleté wäscht und schiebe den Albtraum beiseite, der mich seit Tagen verfolgt und mich jede Nacht heimsucht, seit ich weiß, dass ich vermählt werde.

»Es wird niemand stärker sein als der Kral. Und es wird niemand wagen, schneller zu sein als der Kral!«

Trotzdem wird es den Lauf geben, wie bei jeder Hochzeit. Regeln sind Regeln, und die gelten für alle. Auch für den Kral und seine Kralica.

Endea führt den Schwamm zu meinen Brüsten und streichelt die empfindliche Haut. Ich kann ihre Finger spüren, die sanft meine Rundungen nachzeichnen und gewissenhaft jeden Zentimeter von mir einseifen.

»Macht Euch keine Sorgen Kralica. Morgen werdet Ihr bei ihm sein und er wird sehr zufrieden mit Euch sein.«

Sie führt den Schwamm über meinen Bauch, dann über die Schenkel. Wäscht meine Beine und schrubbt jede noch so versteckte Stelle meines Körpers. Auch die, wo es ganz besonders kitzelt.

»Ihr seid jung und Ihr seid wunderschön. Er muss einfach zufrieden mit Euch sein.«

Ihr spüre, wie ihre Finger tiefer zwischen meine Beine gleiten, um mich auch dort für den Herrscher zu reinigen.

DREI TAGE ZUVOR

»Ella, wo bist du? Ella!«

Die Stimme meiner Mutter dringt vom Salon durch den halben Gutshof. Neugierig werfe ich einen Blick in die Halle. Die ganze Sippe ist zusammengelaufen, um nach meiner Schwester zu suchen. Vater, Mutter und die Brüder. Auch ein paar Feldarbeiter und Nonna, meine kranke Großmutter, sind mit von der Partie.

»Darina, hast du deine Schwester gesehen?«

Meine Mutter sieht besorgt aus, ihre sonst so makellose, glatte Stirn liegt in Falten.

»Bestimmt ist sie gegangen, um sich für den Kral hübsch zu machen«, sage ich und gebe mir keinerlei Mühe den spöttischen Unterton in meiner Stimme zu verstecken.

»Das würde dir auch nicht schaden, Darina!« Die dunkelblauen Augen mustern mich prüfend von oben bis unten. »Wie du aussiehst, Kind! Warst du wieder mit Timotei unten am Bach? Dein Haar ist ja völlig zerzaust! Und dein schönes Kleid! Du hast dein Kleid ruiniert!«

Widerwillig lasse ich mich in die Stube führen, wo sie mir ein neues Gewand in die Hand drückt.

»Ella! Da bist du ja endlich!«

Ohne sich noch einmal nach mir umzudrehen, läuft meine Mutter zu meiner Schwester in den Hof. Ella sieht blendend schön aus, wie immer. Das rotblonde Haar ist zu einem beeindruckenden Kunstwerk verflochten, geschmückt von ein paar weißen Lilienblüten. Blütenweiß ist auch das feine Leinenkleid, das sich um ihren schlanken Körper schmiegt. Da haben ihre Freundinnen ganze Arbeit geleistet. Der Kral wird begeistert sein von seiner zukünftigen Braut. So wie jeder Mann begeistert ist, der meine Schwester sieht.

Ich bewundere die Ruhe, die Ella ausstrahlt. Noch vor wenigen Tagen hat sie geweint. Hat geklagt, dass sie von meinem Vater an einen Krieger verhökert worden war, an einen Wilden, im Austausch gegen ein wenig Land und ein paar Privilegien. Mutter hat ihr gut zureden müssen. Ihr versichern, dass sie es gut haben würde, an der Seite des Krals. Besser, als die Frauen in unserem Dorf. Mich hat Mutter nicht überzeugen können. Nicht nach den Geschichten, die man sich über die anderen Kralici erzählte.

»Sie kommen! Sie kommen! Die Pretari-Krieger sind auf der Brücke!«, höre ich einen unserer Feldarbeiter rufen.

Ich sehe auf das frische Leinenkleid in meiner Hand, dann auf den Rock, den ich trage. Mutter übertreibt mal wieder. Die paar Flecken werden bestimmt keinem auffallen! Ohne mich umzuziehen gehe ich zum Frisiertisch. Zugegeben, mein Haar ist wirklich zerzaust und verfilzt. Aber mir bleiben nur ein paar Augenblicke, bis der Kral und sein Gefolge hier eintreffen. Nicht genug Zeit, meine Mähne zu bändigen. Egal, er ist ja nicht wegen mir hier, sondern wegen meiner Schwester. Vielleicht falle ich ihm überhaupt nicht auf.

»Darina, du blamierst mich!«

Ella rümpft die Nase, während ich mich hinter Nonna und Mutter verstecke. Spannung liegt in der Luft, alle Augen sind erwartungsvoll auf den Weg gerichtet, von dem donnerndes Pferdegetrampel in unsere Richtung dringt. Sie kommen. Der Kral persönlich wird in wenigen Augenblicken vor uns stehen!

Die Geräusche werden lauter und aus dem Augenwinkel kann ich sehen, wie auch die anderen Dorfbewohner sich ins Freie tummeln, um den hohen Besuch zu begrüßen. Mit einem respektvollen Sicherheitsabstand von mehreren Metern verbeugen sie sich vor den Reitern, und heißen sie willkommen. *Heute haben sie gut lachen, denke ich, denn heute sind die Pretarier nicht hier, um ihre Ernte einzufordern. Heute sind sie bloß hier, um ihre zukünftige Kralica in Empfang zu nehmen.*

Vor unserem Haus verstummen die Geräusche. Die Pferde bleiben vor uns stehen, eines neben dem anderen, wie aufgereiht. Ich zähle zwölf Reiter, wobei einer dem anderen gleicht. Alle tragen Kettenhemden und Leder mit schillernden Pretari-Zeichen auf ihren muskelbepackten Körpern. Dazu metallisch glänzende Waffen, die es gar nicht gebraucht hätte, weil ihr Auftritt auch so angsteinflößend genug gewesen wäre. Aber was weiß ich schon, was diese Wilden vor ihrem Besuch bei uns angestellt haben?

Die Haut der Männer ist dunkel und sie haben langes Haar, das genauso kunstvoll mit feinen Lederbändern verflochten ist, wie ihre langen Bärte. Die überwiegend dunklen Augen funkeln gefährlich und wild. Tätowierungen erzählen von ihren Kriegserfolgen. *Barbaren,* denke ich. *Wie kann man sein Leben bloß dem Kampf verschreiben?*

Ein Pferd tritt aus der Reihe. Es ist größer und stärker als die anderen. Genau wie der Reiter, der es führt. Das muss der Kral sein. *Er ist ansehnlich,* denke ich. Trotz den langen schwarzen Haaren an Kopf und Kinn kann man erkennen, dass er ein schönes Gesicht hat. Mit kantigen, aber attraktiven Gesichtszügen. Mit vollen Lippen und Augen, die wie Bernstein leuchten.

Die beeindruckende Größe seiner Statur wird mir erst bewusst, als er vor uns stehen bleibt und vom Sattel steigt. Er überragt selbst meinen Vater um einen halben Kopf, meine Mutter gar um zwei. Meine Schwester, die eigentlich recht groß gewachsen ist, sieht neben ihm aus, wie eine zierliche Puppe.

»Ist sie das?«, fragt er, an meinen Vater gewandt.

14

Papa nickt. »Das ist Ella, mein Kral. Meine älteste Tochter. Ist sie nicht eine wahre Augenweide?«

Der Krieger greift nach der Hand meiner Schwester. Haucht ihr einen Kuss darauf. Seine Augen wandern über ihr zartes Gesicht, dann über ihren schlanken Körper. Ich kann den Ausdruck nicht deuten. Er sieht nicht erfreut aus, aber auch nicht abgeneigt. Ein undurchschaubarer Mann. Und ein ziemlich beängstigender noch dazu. Ich kann fühlen, wie meine Schwester unter seinem Blick zittert. Wie ein Kaninchen, das den Wölfen zum Fraß vorgeworfen wird, kommt sie mir vor. Arme Ella. Plötzlich tut mir meine nervtötende ältere Schwester leid.

»Wer ist das?«

Ich zucke zusammen, als der Blick des Krals auf mich fällt.

»Das ist Darina, meine jüngere Tochter. Bitte entschuldigt ihren unangebrachten Aufzug, mein Kral. Sie ist ein kleiner Wildfang, aber wir werden sie schon noch zu einer perfekten Dame machen, wie ihre Schwester.«

Der Kriegsherr mustert mich, doch ich kann keine Missbilligung in seinem Blick sehen. Es sind nicht die Flecken auf meinem Kleid, die er anstarrt. Auch nicht mein zerzaustes Haar. Vielmehr betrachtet er mein Gesicht und meine Figur. Sein Blick bleibt an meinen Brüsten hängen, an den sanften Rundungen meiner Hüften, die sich unter dem zerknitterten Rock abzeichnen. Er scheint mich mit seinen Augen zu durchdringen. Als ob er in mich hineinsehen könnte. Ein heißer Schauer jagt durch meinen Körper. Ich zucke zusammen, als er seine Hand nach mir ausstreckt. Seine großen, groben Finger streichen erst über meine Wange, dann über mein langes, lockiges Haar.

»Wie fließendes Gold«, höre ich ihn murmeln, während er eine honigblonde Haarsträhne zwirbelt.

Ich bin wie erstarrt. Wage es nicht, einen Mucks von mir zu geben. Nicht einmal das Atmen gestehe ich mir in dem Moment zu. Ich fühle, dass alle Augen auf uns gerichtet sind. Die der anderen Krieger, die meiner Familie. Die von Ella.

Plötzlich reißt der Kral seinen Blick von mir los.

»Ich will dieses Mädchen haben. Darina.«

Er deutet auf mich, während ihn Vater mit offenem Mund anstarrt.

»Herr, Ihr wisst nicht was…«

»Willst du mir sagen, dass du die Wahl deines Krals in Frage stellst?«

»Natürlich nicht, mein Herr. Nur Darina… ich kann doch nicht meine jüngere Tochter zuerst…«

Wieder fährt ihm der Kral über den Mund.

»Du gibst mir, was du mir versprochen hast. Ansonsten sehe ich unsere Vereinbarung als gebrochen an. Weißt du, was ich mit Leuten mache, die sich nicht an Vereinbarungen halten?«

Mein Vater sieht betreten zu Boden.

»Geh ins Haus Darina«, weist mich meine Mutter an. »Hol deine Sachen.«

Was? Das kann sie doch unmöglich ernst meinen! Es passiert alles so schnell, dass ich einen Moment lang brauche, um zu begreifen. Ella funkelt mich wütend an. Die Entscheidung des Krals ist gefallen: Er will mich an ihrer Stelle. Er wird mich mitnehmen und zu einer Kralica machen. Und das nicht irgendwann, sondern jetzt sofort. Noch bevor ich widersprechen kann, schiebt mich Mutter zurück ins Haus.

»Darina, hör mir zu mein Kind.« Sie sieht mich eindringlich an. »Du musst tun, was dir der Kral sagt, hast du verstanden? Wenn du artig bist und ihm eine gute Gemahlin wirst, dann wird es dir gut gehen.«

Gemahlin? Ich? Ich bin überhaupt nicht bereit dazu, irgendjemanden zu heiraten! Ich habe doch so viele andere Pläne! Ich möchte eine Heilerin werden. Für die Tiere und Pflanzen sorgen, hier in unserem schönen Land wohnen. Und wenn ich heiraten sollte, dann aus Liebe. Und nicht um die fünftwichtigste Ehefrau irgendeines barbarischen Kriegerkönigs zu werden!

Hastig stopft meine Mutter mein schönstes Kleid in eine Tasche, dazu meine Haarbürste.

»Ich kann doch jetzt nicht mit diesen Wilden mitgehen!«

Meine Stimme ist schwach, ich spüre Tränen aufsteigen.

»Darina, du bist stark. Du warst schon immer die stärkere von euch beiden. Du schaffst das und du wirst dich rasch in deinem neuen Zuhause zurecht-finden. Das verspreche ich dir!«

Als mich meine Mutter an sich drückt, spüre ich, wie auch ihr die Tränen über die Wangen laufen.

Wie in Trance gehe ich nach draußen. Verabschiede mich von meinem Vater, Nonna und den Brüdern, nur Ella würdigt mich keines Blickes.

»Pass gut auf dich auf«, sagt meine Großmutter und nimmt meine Hand, um mir ihren Talisman, das wunderschöne Goldamulett, hineinzulegen.

»Das kann ich nicht annehmen, Nonna. Du liebst dieses Medaillon!«

»Es hat mir viel Glück gebracht in meinem Leben. Von jetzt an möchte ich, dass es dir Glück bringt!«

Ich spüre, dass meine Augen feucht werden, als ich Großmutter ein letztes Mal drücke. Dann beendet das Räuspern eines Reiters unsere Abschiedszeremonie. Ich lasse zu, dass mich der Kral zu sich aufs Pferd zieht, drücke meine kleine Tasche fest an die Brust. Ohne ein weiteres Wort gibt er seinem Ross die Sporen, und galoppiert mit mir davon.

Wir reiten durch das Dorf, über die Brücke, dann durch die Wiesen und Wälder. Erst jetzt wird mir klar, dass ich meine Heimat nicht wiedersehen werde. Das schöne, fruchtbare Grünland. Meine Familie und meine Freunde. Timotei!

Der Kral drückt mich fest an sich, während wir über die Hügel reiten. ich kann seine Kraft in jeder

Faser seines Körpers spüren. Neben ihm komme ich mir hilflos vor. Zerbrechlich.

Als wir in der Dämmerung endlich Rast machen, schmerzt mein Hintern. Der Kriegerkönig greift nach meiner Mitte und hebt mich vom Pferd, als wäre ich leicht wie eine Feder. Er stellt mich am Boden ab und beachtet mich nicht weiter. Es gibt Wichtigeres zu tun: die Leute befehligen, ein Feuer anzumachen, die erlegten Kaninchen braten und die Nachwache organisieren zum Beispiel. Doch kaum ist der Hunger gestillt und der mitgebrachte Wein verzehrt, kehrt sein Interesse zurück.

»Komm her Darina.«

Er hält mir ein Stück, das vom Braten übrig geblieben ist, entgegen. Dankbar greife ich zu, wage aber nicht ihm oder den anderen Männern dabei ins Gesicht zu blicken oder mich gar in ihre Runde zu setzen. Sie sind mir unheimlich, mit ihren langen Zöpfen und den bedrohlichen Staturen. Da esse ich mein Fleisch lieber im Stehen, ein paar Schritte von der Bande entfernt. Doch der Kral lässt mein Verhalten nicht gelten.

»Nicht so schüchtern«, sagt er, seine Stimme klingt amüsiert. »Komm doch mal her und zeig mir, dass ich eine gute Wahl mit dir getroffen habe!«

Habt Ihr nicht, denke ich. *Meine Schwester wäre eine gute Wahl gewesen. Aber ich? Was verstehe ich schon davon, einen Mann glücklich zu machen!*

Trotzig bleibe ich stehen, bis er nach meiner Hand greift und mich vor sich ans Feuer zerrt. Wie angewurzelt bleibe ich dort und vermeide den Augenkontakt. Seinen Blick kann ich aber sehr wohl spüren. Wieder brennt er auf meiner Haut, so wie heute Nachmittag, beim ersten Zusammentreffen. Dann spüre ich seine Hand auf meiner Schulter.

»Dein schmutziges Kleid ist eine Beleidigung für mein Auge«, sagt er und ehe ich mich versehen kann, reißen seine großen Hände es in zwei Teile. Ich sehe die Fetzen zu Boden fallen und ein eisiger Schauer jagt durch meinen Körper, als ich realisiere, dass nichts weiter bleibt, als das dünne Unterkleidchen. Eine feine Schicht Stoff, die mich nicht vor den gierigen Blicken der Männer schützen kann. Unsicher sehe ich an mir hinunter. Nehme wahr, dass sich meine Brüste und die rosaroten Knospen deutlich unter dem zarten, weißen Stoff abzeichnen. Aber nicht nur das, man kann auch zwischen meine Beine sehen. Man kann alles sehen! Schnell lege ich mir die Hand auf die Brüste, versuche mit der anderen meine Scham zu verdecken, so gut es mir möglich ist. Die Männer grölen, ich kann fühlen, wie sie gierig nach Frischfleisch lechzen.

»Nicht schlecht«, sagt der Kral und hebt seinen Blick zu meinen Augen. »Ich denke, mit dir kann man Spaß haben.«

Mir wird heiß und kalt, als er mich ansieht. Seine Augen funkeln dunkel und bedrohlich. Leuchten wild, wie bei einer Raubkatze. Ich habe Angst vor dem, was kommt. Was er mit mir vorhat. Wird er mich schänden? Hier, vor allen Leuten? Will er mich beschmutzen? Hatte er am Ende überhaupt nie vor, mich zu einer Gemahlin, einer Kralica, zu machen?

»Dreh dich Mädchen, zeig was du zu bieten hast!«, vernehme ich die Rufe der anderen Krieger. Doch ich bleibe stehen. Sehe den Kral an.

»Los, dreh dich.«

Seine Stimme ist tief und männlich, strahlt Sicherheit aus und zugleich Gefahr. Ich zittere, als ich mich in Bewegung setze. Habe Angst, ihm zu gehorchen aber noch mehr Angst, mich zu widersetzen. Ich drehe mich im Kreis um meine eigene Achse. Vom Publikum weg, zum Publikum hin und dann noch einmal von Neuem. Als ich zum zweiten Mal verkehrt herum vor dem Kral stehe, fühle ich plötzlich einen Luftstoß. Ich begreife sofort, was geschehen ist. Jemand hat meinen Rock aufgehoben. Jemand hat mein Hinterteil entblößt, vor allen! Die Scham steigt in mir hoch. Oh Gott, wie demütigend ist das!

Als ich herumfahre um meinem Peiniger ins Gesicht zu sehen, höre ich einen Schrei. Ein Schwert durchbohrt die Hand, die mein Kleid gelüftet hat. Ich starre den Mann an, dem jetzt das Blut in dicken Rinnsalen über die dunkle Haut läuft. Dann den Kral, der das Schwert hält.

»Niemand fasst an, was mir gehört!«

Sein Blick ist zornig, wild und entschlossen. Und mir wird warm ums Herz.

Ohne den blutenden Krieger weiter zu beachten, setzt er sich wieder und zieht mich zu sich auf den Schoß. Seine Nähe ist ungewohnt, eigenartig. Aber nicht unangenehm. Irgendwie fühle ich mich geborgen in seinen Armen. Beschützt vor der polternden, johlenden Meute rund um uns. Als ich den Kopf drehe, nehme ich seinen Duft wahr. Eine Mischung aus Wald, Leder und seinem eigenen, männlichen Aroma steigt mir in die Nase. Ich denke, ich habe noch nie in meinem Leben etwas dermaßen Männliches gerochen! Wie berauscht schließe ich die Augen und öffne den Mund, um noch mehr von ihm zu inhalieren. Seine große Hand greift um meine Taille, drückt mich noch fester an ihn. Ich kann seinen Atem an meinem Ohr spüren. Mein Herz klopft wie wild, ob vor Angst oder vor lauter Aufregung kann ich nicht sagen. Verrückt, denn eigentlich müsste die Antwort klar sein. Ich sitze hier auf dem Schoß eines Kriegers, umzingelt von einem Dutzend lüsterner Kerle. Er könnte mir weh tun. Mich seinen Männern zum Fraß vorwerfen. Mich benutzen und dann einfach hier zurücklassen. Doch es ist nicht die bloße Panik, die mein Blut in Wallung versetzt, da ist noch etwas anderes. Es ist seine Nähe. Sein Duft. Seine Männlichkeit. Ich war in meinem ganzen Leben noch nie einem Mann dermaßen nahe wie jetzt. Diese Tatsache lässt mein Herz flattern, als ob da drin ein kleines Vögelchen wäre, das mit seinen Flügeln schlägt.

Die Hand auf meiner Taille beginnt sich zu bewegen, streichelt in sanftem Rhythmus auf und ab. Ich halte den Atem an, versuche mich nicht zu bewegen. Dabei wäre mir eigentlich nach Springen zumute. Nach Laufen, Lachen, oder Tanzen. Irgendetwas, das die Spannung erträglicher macht, die er mit seiner Berührung auslöst.

Als sich seine Finger nach oben vortasten, wird mein Herzschlag lauter. Die großen Hände streicheln über den dünnen Stoff, der von meinem Kleid übrig geblieben ist hoch, bis sie meinen Busen berühren. Ich erstarre. Noch nie hat mich jemand an dieser Stelle berührt! Doch er tut es. Der Mann, von dem ich nicht einmal den wahren Namen kenne. Der immer nur der Kral für mich war, ein Wilder. Ein barbarischer Kriegerkönig.

Wie ein Wilder kommt er mir in dem Augenblick aber gar nicht vor. Ganz im Gegenteil, die Bewegung, mit der er meine Brüste massiert, ist sanft, fast liebevoll. Er nimmt meine Rundungen in seine Hände, umschließt erst die eine Seite dann die andere. Wiegt vorsichtig das Gewicht auf und ab, drückt ein wenig zu und schiebt seinen Daumen vor, um verspielt meine kleinen Knospen zu umkreisen. Ich schließe die Augen. Seine Berührung fühlt sich gut an. Zu gut. Doch es ist eine sündige Berührung. Die Art Kontakt, die eigentlich der Zeit nach der Trauung vorbehalten sein müsste. Zumindest, wenn man eine ehrbare Frau sein will.

Ich versuche von ihm abzurücken, seinen fordernden Händen zu entkommen. Doch er lässt mich nicht fliehen. Die Klauen schlagen sich nur noch fester in meine Rundungen und lassen mich verzweifelt nach Luft schnappen. Seine zweite Hand umschließt meine Taille mit eisernem Griff. Hält mich so fest, dass sich die Finger schmerzvoll in mein Fleisch bohren. Es gibt kein Entrinnen.

Erst als ich den Widerstand aufgebe und meine Muskeln entspanne, geht der Druck seiner Hände zurück. Er beginnt nun wieder meine Brust zu massieren, anstatt sie zu kneifen und zu drücken. Der Griff um meine Mitte wird ebenfalls lockerer, die Finger wandern zärtlich ihren Weg abwärts. Ich beiße die Zähne zusammen und zwinge mich ruhig zu bleiben. Bis seine Hand den Stoff meines Kleides nach oben schiebt und sich zwischen meine Beine legt.

»Aaaah!« Mit einem Schrei schlage ich seine Hand zur Seite und stoße ihm zeitgleich meinen Ellenbogen in die Rippen. Meine Kraft scheint ihn zu überraschen. Ich zögere nicht, sondern nutze die Gunst des Augenblicks, um aufzuspringen und davon zu stürzen. Renne wie von Sinnen drauf los, Richtung Wald. *Wenn ich bloß den Rand erreiche,* schießt es durch meinen Kopf. *Wenn ich es schaffe, zwischen die hohen Bäume und Sträucher zu kommen, dann gibt es vielleicht Hoffnung für mich. Ein winzig kleines bisschen Hoffnung.* Ich laufe so schnell, dass meine Lunge brennt. Mir ist egal, dass es dunkel ist und der Wald gefährlich. Auch, dass ich mich hier nicht auskenne und mich bestimmt verlaufen werde, sofern mich nicht vorher die Wölfe fressen. Aber selbst das erscheint mir gerade die bessere Alternative, als mich von diesem Wilden entehren zu lassen.

Noch bevor ich auch nur in die Nähe des Waldes komme, packen mich von hinten zwei kräftige Hände und wirbeln mich durch die Luft.

»Hab sie!«

Ein großer, stämmiger Mann mit Stiernacken hält mich in der Luft fest, sodass meine Beine einen halben Meter über dem Boden strampeln und ins Nichts treten. Ich kratze, beiße, schlage um mich wie eine Verrückte. Doch das hilft mir alles nichts, im nächsten Augenblick steht der Kral wieder vor mir. Grinst mich an, als ob ihn mein kleiner Fluchtversuch belustigen würde. Der Stiernacken stellt mich zurück auf den Boden und schon spüre ich die große Hand seines Anführers auf meinem Oberarm. Er packt kräftig zu und schleift mich hinter sich her zurück in Richtung Lagerfeuer.

»Nein, bitte«, winsle ich. Doch ich weiß, dass mein Protest zwecklos ist. Ich habe ihn verraten und dafür werde ich bezahlen. Und zwar einen verdammt hohen Preis.

Vor dem Lagerfeuer stößt er mich auf den Boden. Ich taumle, falle auf die Knie und versuche mich mit den Armen abzustützen. Die Männer lachen. Langsam, ganz langsam, lässt sich der Kral neben mir nieder. Noch immer sieht er belustigt aus, doch ich lasse mich nicht von seinem Lächeln täuschen. Seine Augen funkeln bedrohlich.

»Widersetz dich mir niemals Weib!«

Seine Stimme ist scharf und schneidet durch die nächtliche Stille wie ein heißes Messer durch Butter.

»Versuch noch einmal, von mir wegzulaufen und ich werde dich töten.«

Er spricht ruhig zu mir, doch seine Worte lassen mich zittern.

»Und davor werde ich dich meinen Männern überlassen.«

Die Meute grölt.

»Weil das dein erstes Vergehen war, bin ich heute mild zu dir. Eine Strafe hast du dennoch verdient.«

Mein Körper schüttelt sich vor Angst und vor Kälte. Was hat er vor mit mir? Wird er mich ohrfeigen? Ich traue mich nicht, den Blick vom Boden zu heben. Deshalb sehe ich auch nicht, wie er die Pranken nach mir ausstreckt. Er zieht mich hoch, wie einen nassen Sack. Schleift mich über den dreckigen Boden, bis er vor einem großen Baumstamm stehen bleibt und sich setzt. Mich zerrt er hoch auf seinen Schoß. Bäuchlings liege ich über seinen Beinen, den Hintern in der Höhe, den Kopf zur Erde hängend. Wie ein kleines

Kind zapple ich verzweifelt um meinen Halt zurück-zugewinnen.

Seine Hände greifen nach meinem Saum, schlagen ihn hoch und mir über den Oberkörper. Entblößen meinen Schoß, bis mein Hintern unbedeckt für alle sichtbar ist. Schamesröte steigt mir ins Gesicht. Mein Gott, ist das entwürdigend! Zum Glück verdeckt der Rock meine roten Wangen!

Als seine flache Hand niederfährt und auf mein Hinterteil klatscht, lasse ich überrascht einen Schrei von mir. Irgendwer lacht. Noch ein Schlag. Ich strample wild, versuche los zu kommen, denn die Stelle, wo seine Finger meine Haut berühren, wird heiß wie Feuer. Wieder und wieder schlägt seine Hand auf meinen Po, lässt nach und nach jeden Zen-timeter, jedes winzige Stück von mir brennen. Irgendwann höre ich auf zu zählen und zu zappeln. Ich kann nicht mehr, die Schläge lähmen mich, bene-beln mich. Rauben mir die letzte Kraft. Dabei ist es noch nicht einmal der Schmerz selbst, der mich starr werden lässt. Es ist die Situation. Das Gefühl der Ohnmacht. Ausgeliefert zu sein und nicht mehr die geringste Kontrolle über den eigenen Körper zu ha-ben. Ich spüre, dass ich an dem Punkt bin, wo ich ihm gehöre. Wo mein Körper ihm gehört. Und er mit mir machen kann, was er will.

Meine Haut brennt noch und tut weh, obwohl sei-ne Hiebe längst aufgehört haben. Er beginnt wieder zärtlich über meine Haut zu streicheln und die Stellen zu hätscheln, die er eben noch malträtiert hat. Ich liege ruhig auf seinem Schoß, wie ohnmächtig von den Schlägen vorhin und unfähig noch irgendeine Art von Widerstand zu leisten.

»Du hast einen süßen kleinen Hintern«, raunt er, als sich seine Hand über mein Gesäß legt. »So süß, dass ich am liebsten reinbeißen möchte.«

Seine Hand streichelt meinen Po, arbeitet sich vor bis zum Steißbein und tätschelt dann wieder die Bäckchen hinunter bis zu meinem Oberschenkel.

»Ein schöner runder Weiberhintern«, höre ich jemanden sagen, während sich die Hand des Krals zwischen die Rundungen schiebt.

Ich halte die Luft an. Bete, dass er es dabei belässt und seine Finger wieder wegnimmt. Bete, dass er mich für heute genug gedemütigt hat. Doch seine Hand hört nicht auf. Sie schiebt sich weiter an mein Allerheiligstes, bis er alles von mir spürt. Bis ich zum ersten Mal alles von mir selbst spüre. Irritiert bemerke ich, dass der Schmerz und das Brennen einem anderen Gefühl gewichen sind, das jetzt noch viel stärker und mächtiger von mir Besitz nimmt. Einem Ziehen, das sich in meinem Unterleib ausbreitet. Ein Gefühl, das mich erzittern lässt und bewirkt, dass sich zwischen meinen Beinen Flüssigkeit sammelt. Der Kral lacht, während seine Finger meinen Schamlippen näher kommen. Es kann sich nur noch um einen Augenblick handeln, bis er bemerkt, dass ich dort feucht bin. Ich habe keine Ahnung, was das in ihm auslöst. Wird er dann angewidert die Hand wegziehen? Mich noch mehr bestrafen? Ich hoffe nicht, denn ich bin hintenrum ganz wund von der Tracht Prügel vorhin.

Die Finger des Herrn tasten sich behutsam vor, es dauert bis er mein Intimstes erreicht. Vorsichtig streicht er meine Spalte entlang. Teilt die Schamlippen und öffnet die Blüte meiner Weiblichkeit. Ich halte die Luft an, presse die Zähne zusammen. Ich möchte seine Hand wegschlagen, noch einmal den Versuch wagen, davon zu laufen. Doch ich kann nicht. Meine Glieder gehorchen mir nicht mehr.

Es herrscht Stille, eine unangenehme, bedrohliche, angespannte Ruhe. Erst das Lachen des Krals unterbricht das Schweigen und zwar genau in dem Moment, in dem seine Finger meine feuchte Spalte berühren.

»Herrlich nass«, schnurrt er anerkennend.

Ich verstehe kein Wort. Gefällt ihm jetzt auch noch, dass mein Körper so eigenartig reagiert?

»Ich mag es, wenn die Frauen willig und bereit sind.«

Willig und bereit? Aber das bin ich doch überhaupt nicht! Ich will etwas sagen, protestieren, aber ich wage nicht meine Stimme zu erheben. Stattdessen entweicht ein schriller Schrei meiner Kehle, als einer seiner Finger etwas Unerwartetes tut und sich plötzlich in mein kleines Loch schiebt. Der Übergriff ist heftig, sein Finger dehnt mich dort, wo mich bislang noch niemand berührt hat. Ein elektrisierender Schauer jagt durch meinen Körper. Ich fühle seinen Finger in mir drinnen, jede noch so kleine Bewegung. Wie er ihn weiter nach vorne drängt und mir das Gefühl gibt zerspringen zu müssen. Den Widerstand meines Körpers herausfordert und provoziert. Gleich darauf zieht er sich ein Stück weit zurück, nur um erneut zuzuschlagen, wenn ich denke, ich hätte das Ganze überstanden.

Unter meinem Bauch kann ich etwas Hartes fühlen. Seine Männlichkeit. Mächtig und fordernd drückt sie sich gegen meinen Körper, möchte beanspruchen, was ihr bald ohnehin rechtmäßig zusteht. Ich höre den Kral schwer atmen. Er klingt ähnlich aufgeregt, wie ich, scheint ebenfalls nach Sauerstoff zu ringen. Sein Finger bearbeitet mein Geschlecht in unnachgiebigem Rhythmus. Während er sich immer schneller in meine Öffnung drängt, tastet sich sein Daumen in kreisenden Bewegungen vor, bis er sich weiter vorne auf den kleinen Hautknubbel legt, der ganz besonders sensibel auf seine Berührungen reagiert. Die Empfindungen überrollen mich und tragen mich in ungeahnte Sphären. Ich sehe kleine Sternchen vor meinen Augen tanzen, Dunkelheit unterbrochen von hellen Blitzen.

Er reibt schneller an meiner Perle, massiert und verwöhnt den kleinen Knubbel, der immer empfindlicher zu werden scheint, während sein Zeigefinger sich weiter in mein Innerstes vorwagt. Er stößt so schnell und fest in mich, dass ich mir sicher bin, meine Jungfräulichkeit an seine forsche Hand zu verlieren. Doch nichts passiert. Der brennende Schmerz, von dem mir erzählt wurde und auf den ich jetzt warte, setzt nicht ein. Stattdessen wird es in meinem Körper immer heißer und die Blitze, die vor meinem inneren Auge zucken werden greller. Sie blenden mich, während ich die Hitze heraus stöhne, als wollten sie mir den Weg ans Ziel weisen. Und dann passiert es. Ich zerfließe in gleißendes Licht, während in meinem Unterleib eine kleine Explosion stattfindet, die mich erschüttert, mich beben und keuchen lässt, bis sie sich langsam auf meinen gesamten Körper ausbreitet und mich atemlos zurücklässt.

Ich spüre, wie ich zittere, als die Hitze langsam verfliegt und Platz macht für die kühle Abendluft, die jetzt wieder über meinen Körper und die geschundenen Hinterbacken streichelt. Unsicher bleibe ich liegen, bis der Kral seine Hand von meinem Geschlecht hoch hebt und meinen bibbernden Unterleib wieder mit Stofflagen zudeckt.

»Hübscher Hintern«, sagt er mit rauer Stimme.

Seine Männer seufzen, beklagen, dass sie gerne an mir teilhaben würden.

»Dieser Genuss wird euch wohl verwehrt bleiben«, erklärt ihr Anführer. »Außer natürlich ihr überrascht mich beim Brautlauf.«

Ich bekomme nicht mehr mit, wie die Männer reagieren. Das Wort Brautlauf hat mich in eine Art Schockstarre versetzt. Obwohl ich niemanden kenne, der jemals an einem solchen Lauf teilgenommen hat, weiß ich genau, worüber die Krieger sprechen: über ein barbarisches Ritual, das bei den Pretari genauso üblich ist wie die Ehe mit mehreren Frauen. Zumindest für diejenigen, die es sich leisten können. Ein Ritual, das den Kampfgeist der Männer anheizt und Hochzeiten für alle zum vergnüglichen Spiel macht. Für alle, bis auf die Braut.

DIE LETZTEN STUNDEN

Nach der Reinigungszeremonie hüllt mich Endea in saubere Sachen und bringt mich zurück auf mein Zimmer. Ich sehe zu, wie sie meine Kissen aufschüttelt und mir das Bett zurecht macht, wohl wissend, dass ich in der Nacht vor meiner Vermählung ohnehin kein Auge zumachen werde. Trotzdem bettet sie mich und deckt mich zu, wie eine Mutter, auch wenn sie kaum älter ist als ich.

Als die Zofe das Schlafgemach verlässt, macht sie das Öllicht aus und lässt mir damit keine Wahl, als mich den Schatten zu stellen, die mich seit meiner Ankunft in der Pretari-Burg verfolgen. Ich denke an das erste Zusammentreffen mit den Kralici, den anderen Gemahlinnen des Krals. Noch immer kann ich ihre Blicke spüren, wie sie mich musterten, genau examinierten. Wie sich ihre Augen in mein Fleisch bohrten, auf der Suche nach Besonderheiten und nach Makeln. Neugierde war in ihren Blicken erkennbar, aber auch Eifersucht und Rivalität. Ob sie ihren Herrn lieben? Ihn für sich haben wollen?

Zwei der Frauen waren sehr jung, vielleicht drei oder vier Jahre älter als ich. Eine stach mir besonders ins Auge, Katalina. Sie hatte brünettes Haar, das ebenso gelockt war wie meines. Dazu goldbraune Augen, die lustig in der Abendsonne funkelten. Sie wirkte freundlich und sympathisch. Jemand, mit dem ich hätte befreundet sein wollen.

Dann traf mein Blick den einer anderen Kralica. Der obersten Kralica. Der ersten und wichtigsten Ehefrau des Krals. Sie war deutlich älter als die anderen, hätte vielleicht sogar die Mutter des einen oder anderen Mädchens sein können. Vermutlich war sie auch älter als der Kral selbst. Ihr Gesicht sah ernst aus, fast ein wenig verbittert. Das lange Haar fiel ihr in dunkelroten Strähnen über die Schultern. Ihr Gewand war teurer und schöner als das der anderen. Doch es konnte nicht verhüllen, dass der Körper darunter dünn und ausgemergelt aussah. Ich musste an die Geschichten denken, die man sich in unserem Dorf über sie erzählte. Es hieß, sie habe in ihrer Hochzeitsnacht nicht geblutet. Der Kral habe an ihrer Reinheit gezweifelt, und sie nicht wieder angefasst. Verstoßen konnte er sie dennoch nicht, weil sie ein Kind von ihm erwartete. Einen Erben, von dem niemand wusste, ob er am Ende nicht doch ein Bastard war.

Die grünen Augen der Kralica funkelten mich böse an. Es war die reinste Abscheu, die ich darin lesen konnte. Sie wollte mich nicht hier haben. Genauso wenig, wie ich hier sein wollte.

Meine Finger tasten nach dem goldenen Amulett meiner Großmutter auf dem Beistelltisch. Mein

Glücksbringer. Ich schlucke eine bittere Träne, die mir über die Wange rollt. Bemühe mich tief durchzuatmen und nicht an morgen zu denken.

Ein Lichtstrahl kitzelt mich und ich brauche einen Moment, bis mir wieder klar ist, wo ich mich befinde. Auch wenn es nicht lange gewesen sein mag, habe ich am Ende wohl doch ein wenig Schlaf gefunden. Endea steht an der Luke, sie hat die schweren Vorhänge zur Seite geschoben.

»Seid ihr ausgeschlafen für Euren großen Tag?«

Mein großer Tag, ach du Schande. Ich greife nach meiner Decke und ziehe sie mir übers Gesicht.

»Auf, auf Kralica!« Eine zweite Zofe ist an mein Bett getreten und nimmt mir die schützende Bettwäsche weg. »Es wird Zeit, dass wir Euch zurechtmachen!«

»Jetzt schon?« Es ist doch noch so früh am Morgen!

Widerwillig lasse ich mir von Endea hoch helfen und folge ihr ins Waschzimmer. *Zum Glück haben wir den Teil mit dem Baden schon am Abend hinter uns gebracht,* denke ich. *So konnte zumindest mein Haar über Nacht trocknen.* Als Endea auf eine Art Tisch zeigt und gemeinsam mit der anderen Frau beginnt, mein Nachtkleid zu öffnen, verstehe ich nicht, was sie von mir wollen.

»Das Ölen Kralica!«, erklärt Endea geduldig. »Wir wollen doch, dass Eure Haut weich und duftend ist für den Kral!«

Obwohl es mir immer noch unangenehm ist, mich vor den Zofen zu entblößen, lasse ich sie ungehindert ihre Arbeit tun und lege mich brav auf das Holzbett. Der sinnliche Duft von Rosen steigt mir in die Nase und betört sofort meine Sinne. Ich sehe Endea und die andere Zofe das Öl in ihren Händen verreiben, dann spüre ich ihre Berührungen auf meinem Rücken. Warm und weich fühlen sich die Hände an, die das aphrodisierende Rosenöl auf meiner Haut verteilen. Herrlich! Einen Moment lang schließe ich die Augen und bin doch froh, aufgestanden zu sein. Die Freude währt allerdings nur kurz. Dann fällt mir wieder ein, warum ich diese sinnliche Behandlung bekomme. Meine Hochzeit!

Noch immer kommt mir alles so unrealistisch vor, als wäre ich in einem Märchen. Einem bösen Traum, aus dem ich jederzeit wieder aufwachen könnte. Ich kann nicht glauben, dass tatsächlich ich es bin, die heute vor den Altar treten soll. Nicht meine Schwester. Ach Ella! Ich weiß, dass sie so viel passender wäre als ich. Ella ist vorbereitet. Ella will eine Ehefrau werden, eine Mutter. Aber ich? Ich passe doch so gut in die Rolle der Kralica, wie ein Trampeltier ins Rosenbeet! Ich kann mir überhaupt nicht vorstellen, dass ich heute einem Mann, einem König, meine Treue schwören soll. Einem Kral, der für mich der Erste und Einzige sein soll. Und für den ich lediglich den fünften Platz in der Reihe seiner angetrauten Kralici einnehmen werde. Ich dachte immer, wenn ich jemals heiraten würde, dann aus Liebe. Jemanden, den ich kenne. Den ich mag. Jemanden wie Timotei.

Ich spüre eine Hand über meinen Oberschenkel reiben. Nehme war, wie die Hitze an mir nach oben kriecht, bis zwischen meine Beine. Ich atme tief ein und aus, genieße das prickelnde Gefühl, dass sich zwischen meinen Schenkeln ausbreitet. Die Hand gleitet weiter nach oben. Streichelt meine Hüften, meinen Po. Massiert gleichmäßig die Rundungen und hüllt mein Hinterteil in das verführerische, glänzende Duftöl. Ich fühle Finger, die sich zwischen meine Po-backen schieben. Die Zofen sind sorgfältig und genau, lassen wirklich keinen Bereich aus. Sie salben mich nicht nur oberflächlich, sondern nehmen sich sogar die verborgenen Stellen vor.

»Umdrehen«, fordert die Zofe, als sie mit meiner Hinterseite fertig ist, und ich lege mich auf den Rü-cken. Endea beginnt meine Brüste mit dem duftenden Öl einzureiben, ihre Gehilfin nimmt sich meine Arme und Hände vor. Das Gefühl, das Endeas Berührung auf meiner Brust auslöst ist angenehm, entspannend. Die Salbung lässt mich meine Weiblichkeit wahr-nehmen. Mir wird bewusst, dass ich nie wieder ein Kind sein werde. Kein unbeschwertes Mädchen, das seine Eltern um Rat fragen kann, wenn es nicht weiter weiß. Kein freier Geist, der rausgehen und sich die Schönheit der Natur ansehen kann, wann immer ihm lieb ist. Ab morgen gehöre ich ihm.

Ich erschrecke, als ich die Tür auffliegen höre und eisige Kälte ins Zimmer strömt. Es ist allerdings nicht die Luft von draußen, die die Temperatur schlagartig fallen lässt, sondern es ist ihre Anwesenheit. Die rothaarige Kralica steht in der Tür. Hinter ihr ein groß gewachsener Mann mit schmalem Gesicht und krausem Haar, das ungewöhnlich kurz geschnitten ist für einen Pretarier.

Endea und ihre Kameradin eilen sofort zur Seite, um ein Tuch zu greifen, mit dem sie meinen Körper bedecken können. Doch die Herrin gebietet ihnen Einhalt.

»Raus hier. Alle beide.«

Ihr Blick ist so eiskalt wie ihre Anwesenheit. Endea bleibt erschrocken stehen, wagt es nicht sich zu rühren.

»Bist du schwerhörig? Deine Herrin hat gesagt du sollst verschwinden!«

Die Rothaarige packt sie unsanft am Handgelenk und zerrt sie zur Tür. Die andere Zofe eilt hinterher. Entsetzt greife ich selbst nach einem Tuch, das hinter mir am Tisch liegt, und bedecke meinen entblößten Körper. Schlimm genug, dass die älteste Kralica ins Zimmer getreten ist, aber noch mehr beunruhigt mich der fremde Mann an der Tür.

»Habe ich gesagt, dass du dich bedecken darfst?«

Ihre Stimme klingt süßlich und zugleich scharf. Züngelnd, wie eine Schlange, steht sie vor mir, fixiert mich mit ihren gelbgrünen Augen. Verunsichert blicke ich sie an. Ich weiß, dass ich ihr gehorchen sollte. Als erste Ehefrau des Krals, steht sie über uns allen und ich habe nicht das Recht mich zu widersetzen. Aber das, was sie von mir verlangt, macht keinen Sinn.

»Los, weg mit dem Tuch. Zeig mir, was der Kral an dir findet!«

Da ich nicht rasch genug reagiere, tritt sie noch einen Schritt näher an mich heran, bis sie selbst den weißen Leinenstoff zu fassen bekommt. Mit einer schnellen Bewegung reißt sie das Tuch fort und lässt mich nackt und ungeschützt auf dem Holzbett zurück.

Ein Lächeln zeichnet sich um ihre Lippen, während sie meinen unbedeckten Körper inspiziert. Ihre Augen wandern über meinen Hals, meine Schultern, bis zum Dekolleté. Dann weiter nach unten, bis über meinen Bauch, die rundlichen Hüften, die Beine entlang und zurück zu meinem Geschlecht.

»Sie ist schön«, sagt sie, ohne jede Regung in ihrer Stimme. »Ich kann verstehen, dass Tarabas sie will. Ein unberührtes, junges Ding, großzügig ausgestattet mit allen Reizen, die eine Frau bieten kann.«

Tarabas. Sein Name!

Die Rothaarige funkelt mich mit ihren Schlangenaugen an. Ihr Blick ist so kalt, dass ich eine Gänsehaut bekomme. Ich frage mich, wie sie mich dermaßen verabscheuen kann, wo sie mich doch überhaupt nicht kennt?

»Ich frage mich, ob er auch noch Gefallen an dem kleinen Dreckstück findet, wenn er bemerkt, dass sie gar nicht mehr so unschuldig ist, wie er denkt?«

Bosheit hat sich in ihre Stimme gemischt und die teuflischen Gedanken lassen ihre Augen glänzen.

»Aber ich bin doch…«

Meine Worte bleiben mir im Hals stecken, als ich verstehe, warum die Kralica hier ist. Warum ihr großer, dunkler Begleiter hier ist. Der Mann lacht, als er sich durch die Tür schiebt und näher kommt. Panik kriecht in mir hoch, als die Tür hinter dem Mann ins Schloss fällt.

»Nein bitte, Ihr dürft nicht…«

»Schweig!«, fährt mich die Herrin an, »ein Wort von dir, und ich zerschneide dir dein hübsches Gesicht!«

Ich folge ihrem Blick auf den Dolch, der seitlich durch ihren Gürtel gesteckt ist. Würde sie das tatsächlich tun? Dieser Irren ist alles zuzutrauen.

Sie packt meine Hände, zerrt die Handgelenke nach oben und hält sie hinter meinem Kopf zusammen. Ich bin erstaunt darüber, welche Kraft die Frau hat, bei ihrer zierlichen Figur.

»Los, komm her und fass sie an!«, verlangt sie, an den Begleiter gerichtet.

Ich versuche mich zu wehren, ihrem festen Griff auszukommen und meine Hände freizumachen. Doch noch bevor ich Erfolg habe, ist der Mann bei uns und kommt ihr zur Hilfe. Ich schlage um mich, kämpfe gegen den eisernen Druck, mit dem sie mich festhalten.

»Hör auf dich zu wehren, Miststück!«

Die Hand der Rothaarigen klatscht auf meine Wange und ich bin sicher, dass sie dort einen schönen Abdruck hinterlässt.

»Los, nimm sie!«, zischt sie.

Eine Narbe blitzt auf der Schläfe des Kerls auf, als er sich über mich lehnt. Lachend legt er seine Hand auf meine Brust. Dann schwingt er sich hoch und kommt über mir zu knien.

»Nein! Bitte! Das dürft ihr nicht tun!«

Die Worte kommen erst leise, dann immer lauter und panischer über meine Lippen, als ich sehe, dass er seinen Hosenstall öffnet.

»Hilfe! Hiiiilfeeee!«, kreische ich und mir ist völlig egal, ob sie mir ins Gesicht schneidet oder mich sonst irgendwie verletzt. »Hiiiilfeee!«

Ich brülle aus Leibeskräften, schlage um mich so gut es mir möglich ist. Ich ignoriere die vier Hände, die an mir zerren, die Fäuste, die auf meinem Körper landen. Der Mann drückt mich zurück auf den Tisch, hält mich mit seinem Gewicht nieder. Die Frau zerrt weiter an mir, versucht mich zu fixieren, damit ihr Begleiter leichteres Spiel mit mir hat.

»Ich mag Katzen, die ihre Krallen ausfahren!«

Der dreckige Kerl leckt mit seiner Zunge über mein Gesicht.

»Mhmmm… du schmeckst lecker!«

Seine Zähne graben sich in meinen Hals, in mein Dekolleté. Wieder versuche ich, ihn mit dem Fuß zu treten, während ich mich unter ihm drehe und winde, um seinem Mund auszukommen.

»Wehr dich so viel du willst, Hure. Ich mag es, wenn sich Weiber wehren!«

Darum muss er mich nicht bitten. Ich kratze, schlage, trete so gut ich kann. Brülle immer wieder um Hilfe, während mich das Gewicht des Mannes zu zerdrücken droht.

Mit einer hastigen Bewegung drängt er meine Beine auseinander. Versucht sich Zugang zu meiner Jungfräulichkeit zu verschaffen.

»Sei nicht zimperlich mit ihr!«

Die rothaarige Hexe lacht, während mich seine Hände niederdrücken.

»Keine Sorge, ich werde sie ordentlich einreiten für den Kral«, versichert ihr Begleiter. »Und ich werde sie so fest rannehmen, dass sie zu tun hat, bis zum Abend wieder gehen oder sitzen zu können!«

Ich zittere, sammle noch einmal sämtliche Kraft zusammen um alles an Widerstand zu bieten, was möglich ist. Ich schlage meine Nägel in die Hände, die mich halten, versuche ihn zu beißen, als sein Gesicht näher kommt. Strample mit den Füßen und schlage aus, wie ein wild gewordenes Pferd.

Die Taktik scheint zu wirken, wenn auch nur kurz, ich treffe ihn zwischen die Beine und er greift erschrocken nach unten, um seine Männlichkeit zu schützen. Ich nütze die Gelegenheit, um meine rechte Hand zu befreien, verliere sie aber gleich wieder an die Kralica.

»Hör auf!«, herrscht sie mich an, und setzt den Dolch an meinen Hals. »Ich töte dich, wenn du dich weiter wehrst!«

Damit kann sie mir keine Angst mehr machen. Lieber bin ich tot, als in ihren Händen. Ich hole aus und trete noch einmal nach dem Mann.

»Dreckstück!«, flucht er und stolpert von mir runter, während er nach seiner schmerzenden Beule greift.

Fast im selben Augenblick wird die Tür aufgestoßen und meine Zofe tritt ein, begleitet von zwei Wachleuten.

»Kralica! Ist alles in Ordnung bei Euch?«

Die Hexe lässt von mir ab und macht einen Schritt zur Seite, ihr Komplize tut es ihr gleich.

»Wir wollten gerade gehen«, sagt sie, wirft das Haar zurück und schreitet erhobenen Hauptes an den Wachen vorbei aus dem Zimmer.

Ich zittere noch immer am ganzen Leib, als sich Endea zu mir setzt, um mich zu streicheln und mir das schmerzende Gesicht mit Öl abzutupfen.

»Keine Sorge, Kralica, bis zum Abend wird man davon nichts mehr sehen«, versichert sie mir.

Als ob mir das nicht egal wäre. Als ob mich auch nur im Geringsten interessieren würde, was man am

Abend noch sehen kann oder nicht. Ich schweige, lasse sie ihre Arbeit tun und sehe zu, wie mein Atem wieder langsamer wird und mein Puls sich beruhigt, während sie mich salbt und pflegt.

»So ein Glück, dass die Wachen noch rechtzeitig gekommen sind!«, sagt Endea noch immer aufgebracht.

»Stimmt«, sage ich leise, obwohl die Frage des Glücks wohl eine relative ist.

Die Wachen haben verhindert, dass mich der Fremde entehrt. Doch sie haben meinen Körper nicht gerettet. Sie haben mir lediglich Zeit verschafft, einen halben Tag höchstens. Denn spätestens heute Abend wird ohnedies geschehen, was unvermeidlich ist.

DIE GEJAGTE JUNGFRAU

Als die Sonne am höchsten steht, ist es soweit, drei Wachen klopfen an meine Tür um mich zu holen. Sie haben sich den Tag über nicht von meinem Gemach weg gerührt, haben sichergestellt, dass ich unversehrt bin, wenn ich ihrem Anführer übergeben werde.

Ich sehe ein letztes Mal an mir hinunter. Endea hat sich große Mühe gegeben und sie hat es tatsächlich geschafft, mich vom zerzausten Wildfang in eine richtige Kralica zu verwandeln. Zumindest optisch. Ich trage ein bodenlanges, hauchdünnes Spitzenkleid, in einem wunderschönen, cremigen Weißton. Oben ist es herzförmig ausgeschnitten und gibt einen großzügigen Blick auf mein Dekolleté preis. Um die Taille wird es eng, schmiegt sich fest um das Korsett, dass meine Mitte zusammenpresst. Ab der Hüfte verläuft das Kleid dann wieder großzügiger und fällt in weich fließenden Bahnen bis zum Boden. Mein Haar ist vorne verflochten und mit einem Dutzend Rosenblüten verziert. Hinten fällt es in großen Locken über meine Schultern.

Ich folge Endea und den Wachen nach draußen, dann gehen wir gemeinsam mit der Hochzeitsgesellschaft den Weg entlang bis zum Festplatz vor der Kirche. Wie in Trance nehme ich die Zurufe der Menschen wahr, die am Straßenrand stehen und mir winken. Wie durch einen Nebel betrete ich das Gotteshaus und lasse mich unter hunderten von Blicken zum Kral an den Altar führen. Es ist, als würde ich eine fremde Frau beobachten, wie sie vermählt wird. *Das bin nicht ich,* denke ich. *Das kann nicht ich sein.*

Der Geistliche traut uns in einer fremden Sprache, die ich nicht verstehe. Ich sehe mich suchend in der Menge um, obwohl ich weiß, dass ich kein bekanntes Gesicht finden werde. Nicht meine Eltern, nicht Nonna oder meine Brüder. Auch nicht Ella. Niemandem ist es erlaubt, mir heute beizustehen, dafür ist meine Familie den Pretari nicht wichtig genug. Traurig lasse ich den Blick wieder sinken.

Die Trauung verläuft schnell, selbst die Gratulationen und den Umzug bringen wir rasch hinter uns. Doch mein Trancezustand hält an bis zum Festmahl. Ich habe keinen Hunger und der Kral muss mich mehrmals ermahnen, bis ich mir etwas in den Mund schiebe. Die Speisen haben keinen Geschmack, die Musik, die um uns spielt, erscheint mir gleichbleibend tonlos.

Ich nehme die anderen Frauen des Krals wahr, die seitlich von uns sitzen und aufmerksam jede meiner Bewegungen beobachten. Ich kann Striemen auf der Schulter der Rothaarigen erkennen und ich frage mich, ob der Kral weiß, was heute geschehen ist. Ob er seine Frau gescholten hat, für das, was sie mir antun wollte?

Ich komme nicht mehr dazu, die Spuren der Bestrafung vollständig zu erfassen, weil mich der Kral hochzieht und auf die Tanzfläche schleift. Schlagartig setzt die Musik aus.

»Männer! Das ist meine neue Kralica!«

Die Menge jubelt und klatscht. Bloß die anderen vier Kralici sehen mich regungslos und missbilligend an.

»Ist sie nicht ein Prachtweib? Das schönste, das ihr je gesehen habt?«

Der Kral hält meine Hand nach oben, Begeisterungsrufe sind zu vernehmen. Meine Freude über seine Worte hält sich in Grenzen. Weiß er nicht, dass er seine anderen Frauen mit solchen Sprüchen verletzt? Selbst, wenn sie nur so dahingesagt sind?

»Sie ist eine Augenweide. Und eine richtige Jungfrau selbstverständlich.«

Die Menge johlt und pfeift.

»Deshalb fordere ich alle Männer auf, sich am Brautlauf zu beteiligen und gegen mich anzutreten im Kampf um die Ehre meiner Frau!«

Sein Blick ist offen, mutig. Herausfordernd sieht er durch die Reihen, blickt allen Männern und insbesondere den Kriegern in die Augen. Die anderen sind nicht wichtig. Alte Kerle und unerfahrene junge Bengel, die ohnehin nicht die geringste Aussicht auf Erfolg hätten. Bloß die Krieger sind es, die das Spiel für ihn spannend machen. Den Sieg zu einem ehrenwerten Triumph.

»Nach dem letzten Tanz geht es vorne am Tor los. Die Braut bekommt einen Fingerbreit der Hochzeitskerze Vorsprung.«

Einen Fingerbreit. Mein Herz droht auszusetzen. Das ist kurz, verdammt kurz. Längst nicht ausreichend Zeit, um weit genug wegzulaufen. Um mich zu verstecken oder in irgendein Loch zu verkriechen, um den gemeinen Kerlen zu entkommen. Ein Fingerbreit der Hochzeitskerze ist gerade einmal lange genug, um mich quälend langsam auf die Schändung warten zu lassen, die über mich kommen wird. So oder so.

Mein Herz pocht wie vor dem Zerspringen, als ich über den Platz geführt und zum Tor gebracht werde. Alles an mir ist angespannt, jeder Muskel, jeder Nerv meines Körpers. Tapfer halte ich den Kopf hoch, bemühe mich, nicht zusammenzusacken und meinem Schicksal mit Würde entgegenzutreten. Nervös streichen meine Finger über das goldene Amulett der Großmutter, während ich zum Himmel starre und auf den großen Gong warte, der den Anfang meines Endes einläutet. Ich sehe mich um, die Meute grölt und feuert mich an. Ich sehe, wie sich die Männer bereit machen. Aber auch die Frauen und Kinder klatschen und jubeln zu dem grausamen Ritual. *Seid ihr von allen guten Geistern verlassen?*, will ich sie fragen. *Wisst ihr denn nicht, dass es eure eigenen Männer und Väter sind, die ihr dabei beklatscht, eine fremde Frau zu schänden?* Ich ertappe mich selbst, wie ich bete, dass es der Kral sein möge, der mich fängt und fortbringt. Dass es kein Fremder sei, der mich enthert. Alleine die Vorstellung, dass ein anderer Krieger schneller oder stärker sein könnte, jagt mir kalte Schauer über den Rücken. Ich fürchte, dass ich dann in den Augen des Krals als sein Weib nichts mehr wert wäre. Dass er mich fallen lassen würde, wie er es schon einmal getan hat. Vielleicht auch mehrmals. Die Geschichten über die verlorene Kralica, Savanna, tauchen vor mir auf, wie dunkle Omen. Wie sie im Brautlauf einem anderen in die Hände gefallen ist, weil der Kriegerkönig abgelenkt wurde. Geschändet und entehrt. Und wie sie dann wenige Monde später verschwunden ist, ohne dass sie je wieder einer zu Gesicht bekommen hat. Getötet vom Kral, so wurde unter vorgehaltener Hand geflüstert.

Der Gong reißt mich aus meinen Gedanken. Die Hochzeitskerze ist entzündet und meine Schonzeit zerrinnt wie das heiße Wachs in der Hand des Kerzenträgers. Es braucht einen Moment, bis ich mich aus meiner Schockstarre lösen kann. Schnell schlüpfe ich aus den unpraktischen Schuhen und meine Beine beginnen wie von selbst, mich zu tragen. Ich renne los, hetze über den Platz zum südlichen Ende des

Dorfes. Zum Wald. Auch wenn ich weiß, dass er mir nicht ausreichend Schutz bieten wird. Das lange Kleid ist im Weg, es macht mich langsam weil es über den Boden schleift und an allen kleinen Unebenheiten hängen bleibt. Ich muss nach unten greifen und es mit der Hand ein Stück hochheben, damit ich ungehindert vorankomme. Meine Beine sind flink. Sie springen über Stock und Stein, es dauert nicht lange, bis ich den Waldrand erreicht habe. Ich drücke mich an den Sträuchern vorbei, schiebe mich durchs Dickicht weiter ins Innere, bis die Lichtstrahlen immer spärlicher werden, die durch die großen Bäume dringen. Spät, viel zu spät wird mir mein Fehler bewusst. Mein Versteck macht mich unsichtbar. Nicht nur für die Krieger, sondern auch für den Kral. Nicht Schnelligkeit, Stärke und Kampf werden entscheiden, sondern das Glück, wer mich hier im Dickicht erblickt. Ich will umkehren, doch ich weiß, dass es zu spät ist. Meine Zeit ist um.

Wieder schicke ich Stoßgebete zum Himmel, dass es mein Mann sein mag, der mich findet. Der große, starke, attraktive König der Krieger. Nicht einer seiner wilden, barbarischen Kämpfer. Mein Herz beginnt zu rasen, als ich Geräusche höre. Rufe, Schreie. Wildes Getrampel. Das Kläffen der Hunde. Mein Schicksal lässt mich am ganzen Leib zittern. Ich bemühe mich, tapfer weiter zu laufen obwohl mir meine Füße die Hilfe versagen. Ich bin zu langsam. Der Lärm kommt immer näher. Ich will schon aufgeben, mich auf einen Baumstamm setzen und warten, bis sie kommen um meine Zukunft zu besiegeln. Da sehe ich einen Lichtstrahl. Einen winzig kleinen Funken Hoffnung. *Ich muss die Lichtung erreichen, bevor sie hier sind,* denke ich. Neue Willenskraft strömt durch meinen Körper und gibt mir die Stärke weiterzulaufen. Mich über Stock und Stein vorwärts zu kämpfen, um zur rettenden Wiese zu gelangen. Meine Lunge brennt von der Anstrengung. Meine Füße bluten und schmerzen als ich die letzten Zweige zur Seite schiebe. Ich habe es geschafft. Ich stürze auf die Lichtung zu.

»Hab ich dich!«, höre ich jemanden rufen.

Ohne mich umzudrehen, weiß ich, dass es nicht der Kral ist. Von vorne kommen kläffende Jagdhunde auf mich zu, um mich für ihren Herrn zu stellen. Ich bin umzingelt, von allen Seiten. Wie eine Statue bleibe ich stehen. Es hat keinen Sinn mehr, weiter zu laufen. Ich schließe die Augen, zähle bis zehn. *Nichts wird mehr sein wie es war!* Meine Finger umschließen fest das Amulett. Es hilft mir, Kraft zu sammeln. Kraft, um zu kämpfen. Denn genau das werde ich tun. Ich werde Widerstand leisten und kämpfen, so lange ich kann. Ich werde mich verteidigen, bis zum letzten Atemzug.

Keine zehn Meter trennen mich mehr von meinem Verfolger, der unaufhaltsam durch das hohe Gras näher kommt. Ich kenne den Mann nicht, aber ich sehe seinen langen Bart und die kräftigen Muskeln. Ein Krieger. Der falsche Krieger.

»Holt euch die Belohnung«, befiehlt er seinen Hunden und schmeißt etwas zur Seite, während er mich mit seinen dunklen Augen fixiert. Einen Moment lang starren wir uns nur an, er und ich. Es ist als würde ich meinem Schicksal ins Gesicht blicken.

Dann fährt er herum. Ich folge seinem Blick zu dem schwarzen Pferd, das auf der Lichtung aufgetaucht ist. Ein Pferd! Obwohl Pferde doch strengstens verboten sind! Der Krieger sieht ebenfalls irritiert zum Reiter. Das Gesicht ist verdeckt, uns ist unmöglich zu erkennen, wer hier so dreist die Regeln bricht. Der Reiter galoppiert über die Wiese, kommt direkt auf mich zu. Dann wird das Pferd langsamer, gerade so viel, dass es dem Mann möglich ist, nach mir zu greifen und mich zu ihm auf den Rücken des Tieres zu ziehen. Ich bin ebenso erstarrt wie der Krieger, der uns mit offenem Mund nachglotzt.

Über Stock und Stein reiten wir davon. Kämpfen uns durch den düsteren Wald, immer weiter nach vorne, weiter in die Dunkelheit bis die Schreie und das Gebell hinter uns leiser werden. Ich werde nervös und frage mich, warum der Mann mich so weit weg bringt, anstatt sich sein Recht gleich hier zu nehmen. Hat er Angst, dass die anderen ihn wegen dem Pferd strafen? Weil er sich nicht an die Regeln gehalten hat? Oder bringt er mich aus einem anderen Grund fort? Wer ist der Fremde bloß? Durch seine Rüstung kann ich nichts erkennen, das mir Aufschluss über die Identität meines Entführers geben könnte. Doch seine Bewegungen sind mir auf merkwürdige Weise vertraut.

Als wir den Wald und den tosenden Fluss hinter uns lassen, herrscht plötzlich Stille um uns.

»Du bist in Sicherheit Darina. Du musst dich nicht mehr fürchten!«, sagt der Reiter, als er sich zu mir umdreht.

Seine Stimme! Alles in mir zieht sich zusammen, als ich den vertrauten Klang höre. Mir wird warm ums Herz, als er die schützende Maske abnimmt, um mir sein Gesicht zu zeigen.

»Timotei! Du bist gekommen, um mich zu retten?«

Mein Freund sieht mich an und nickt lächelnd. Das kurze, braune Haar ist zerstrubbelt, sogar noch mehr als sonst.

»Ich konnte doch nicht zulassen, dass diese Wilden dir etwas antun!«

Wir galoppieren über Wiesen und Felder, bis wir den nächsten Wald erreichen, eine weitere Wiese und einen neuen Wald. Ich kann nicht sagen, wie viel Zeit vergangen sind, als wir an einer von Bäumen und Sträuchern gut geschützten Stelle am Fluss endlich halten. Timotei springt vom Pferd und streckt seine Hände aus, um mir zu helfen. Wie immer, wenn er das macht, schiebe ich seine Hände zur Seite und steige mit einem eleganten Schwung alleine vom Pferd. Er zieht mich in seine Arme und drückt mich fest an sich. Er fühlt sich größer und stärker an, als ich ihn in Erinnerung habe. Hat er sich verändert? Unmöglich, ich bin doch erst ein paar Tage fort! Timotei streicht mir lächelnd eine Haarsträhne aus dem Gesicht.

»Ich beschütze dich Darina. Ich lasse nicht zu, dass sie dich noch einmal kriegen!«

Er hält mich fest und ich lehne mich an seine Schulter. Genieße die Wärme, die sich von ihm ausbreitet und durch meinen Körper dringt.

»Du musst mich sofort zurück bringen!«

Entsetzt sieht mich mein Freund an.

»Auf keinen Fall!«

»Doch Timotei! Ich muss zurück! Und du musst um Verzeihung bitten!«

Weiß Gott, was sie mit ihm anstellen, wenn sie ihn finden! Lynchen werden sie ihn! Teeren und federn!

»Das kannst du vergessen Darina! Ich lasse nicht zu, dass sie dich zurückholen!«

»Timotei, du musst! Sie werden dich töten! Und mich obendrein!«

Doch mein Freund lässt sich nicht beirren. Er ist stur. Und töricht. Der gleiche trotzige Bengel, den ich als Kind kennengelernt habe und mit dem ich seither fast jeden Tag verbracht habe. Ein Dickkopf, den man gern haben muss. Bloß, das hier ist anders. Es geht um sein Leben und auch um meines.

»Du gehst nicht zurück und damit Schluss!«

Timoteis Worte sind fest und entschlossen. Er ist ein Mann geworden. Ein starker, eigensinniger Mann.

»Wir gehen morgen weg. Sie werden uns niemals finden. Ich bringe dich von hier fort, so weit, dass dich niemand jemals finden wird! Und dann fangen wir ganz von vorne an.«

Wieder drückt mich Timotei an sich. Er streichelt mich beruhigend, legt die Arme beschützend um mich. Das fühlt sich so gut an, so echt, dass ich am liebsten der Illusion nachgeben möchte. Ihm glauben, dass er uns tatsächlich retten kann. Doch das kann er nicht. Niemals würden wir es schaffen, weit genug zu entkommen.

Als ich ihn ansehe, weiß ich, dass es jetzt keinen Sinn macht, mit ihm zu streiten. Er würde ohnehin nicht nachgeben.

»Wie geht es den anderen?«, frage ich meinen Freund. »Was macht Ella?«

»Es geht ihr gut«, Timotei lächelt. »Auch wenn es wohl ein ziemlicher Schock für die schöne Ella war, dass ein Mann sie verschmäht hat. Das hat sie wohl noch nie erlebt.«

Unschwer ist die Schadenfreude in Timoteis Stimme zu erkennen. Es ist kein Geheimnis, dass er und Ella sich nicht besonders mögen. Er hält sie für zickig, arrogant und eingebildet auf ihr hübsches Gesicht und das seltene, rotblonde Haar. Sie findet ihn kindisch, wild und unreif.

»Deinen Eltern geht es auch gut«, sagt er. »Sie sind traurig, aber sie kommen schon klar.«

»Was ist mit Nonna?«

Sein Blick ist betrübt, sofort sehe ich, dass etwas nicht stimmt.

»Was ist los? Sag schon!«

Timotei legt seine Hand auf meine Schulter.

»Deine Großmutter ist vor zwei Tagen gestorben!«

Eine Träne rollt über meine Wange. Nonna! Ich weiß, dass sie eine kranke Frau war und schon sehr viele harte Winter hinter sich hatte. Bloß, dass es jetzt so schnell gehen würde …

Timotei streichelt über mein Haar, während ich die Tränen laufen lasse.

»Sie hat dich geliebt Darina. Du bist ihr so ähnlich. Eine starke, unabhängige Frau. Sie hat gesagt, in dir lebt sie weiter.«

Ich schniefe, während er mir mit seinem Ärmel die Tränen weg tupft. Wir bleiben stehen, sehen uns an, bis er mich irgendwann erschöpft zu sich auf einen großen Stein zieht, und die Arme von hinten um mich schlingt. So bleiben wir eine Weile sitzen, bis die Tränen weniger werden und irgendwann versiegen. Ich spüre sein Gesicht an meinem, sein Kinn mit den feinen Bartstoppeln, das sich auf meine Schulter schiebt. Ich fühle mich geborgen, selbst wenn ich weiß, dass unsere Zeit bald zu Ende sein wird.

DEM RETTER AUSGELIEFERT

»Was tust du da?«

Ich fahre herum, als ich seine Lippen an meinem Hals spüre und schaue meinem ältesten Freund irritiert in die Augen, die jetzt in der Dämmerung blaugrün wie der Ozean leuchten. Timotei hält inne. Ein sanftes Lächeln umspielt seine Lippen. Dann sehe ich, wie sich sein Mund langsam nähert. Noch bevor ich etwas sagen kann, spüre ich seinen Kuss. Sanft und süß wie der Frühling öffnet er meine Lippen, umspielt und massiert meine Zunge mit seiner. Ich kann ihn schmecken, frisch, lecker und köstlich. Ein angenehmes Kribbeln breitet sich in meinem Körper aus, ganz so als ob hundert Schmetterlinge in meinem Bauch tanzen würden.

Anfangs noch schüchtern, werden Timoteis Küsse bald intensiver, leidenschaftlicher. Wir fallen nach hinten, ich auf ihn, direkt in seine Arme. Er streichelt mein Haar und meinen Rücken, während sich unsere Münder wiederfinden. Liebkost meinen Nacken, meine Schultern. Seine Hände, die mich schon hunderte, nein tausende Male berührt haben, wandern über meinen Körper, so als ob sie mich das erste Mal richtig anfassen würden. Sein Kuss verschlingt mich, raubt mir die Luft und nimmt mich mit auf eine Reise in ein fernes Land. Auf einen Kontinent, den es neu zu entdecken gilt. Wir drehen uns, rollen herum, bis ich unter ihm zu liegen komme. Ich kann fühlen, wie sich seine Finger unter den Rand meines Kleides ins Dekolleté schieben. Wie er vorsichtig und sanft über meine weiche Haut streicht, jeden Zentimeter von mir mit besonderer Sorgfalt streichelt. Ich lasse zu, dass er sich unter den Stoff drängt und dass er seine Hand auf meine Brüste legt. Dass er mich so berührt, wie wir es beide bis vor wenigen Tagen noch nicht einmal zu träumen gewagt hätten. Er ist nicht der erste Mann, der meinen Busen anfasst. Doch seine Hände fühlen sich ganz anders an, als die von Tarabas. Vorsichtiger, sanfter. Weniger geübt. Voll von jugendlicher Neugierde und Entdeckungslust. Er spielt mit meinen Knospen, streichelt und reibt daran, bis sie unter seinen Fingern klein und fest werden. Dann hält er wieder inne um mich anzusehen und aus meinem Blick zu lesen, ob mir gefällt was er tut. Erst als ich lächle, greift er nach den Bändern, die mein Kleid und das Korsett verschnürt halten, um es zu öffnen. Er lockert langsam den Stoff, bis er ihn zur Seite schieben und meine Rundungen unbedeckt zurücklassen kann. Wieder streichelt er meinen Busen, diesmal aber sieht er dabei alles genau vor sich. Die Rundungen, die Knospen. Die Frau, zu der seine beste Kindheitsfreundin inzwischen geworden ist.

Ich spüre, wie sich seine Lippen senken und auf meine Haut treffen. Ein elektrisierendes Prickeln geht von seinem Mund aus. Sinnlich leckt er über meine Brüste, küsst und liebkost die Hügel mit seiner Zunge. Vorsichtig nimmt er die Nippel in seinen Mund, saugt und knabbert zärtlich daran. Seine Berührung wird immer stärker, unbeherrschter. Die Lust scheint von seinem Körper Besitz genommen zu haben.

Ohne von meinen Brüsten abzulassen, lässt er seine Hand tiefer wandern und meinen Bauch entlang streicheln, über meinen Nabel, bis hinunter zu den Hüften. Sein Gesicht in meinem Busen vergraben, sucht er mit der Hand nach den anderen Stellen, die ihm bislang verborgen waren. Mein Atem wird schneller, das Blut rauscht durch meinen Körper, während er mich entdeckt und überall dort berührt, wo es ihm nicht erlaubt ist, mich zu berühren. Seine Finger tanzen über meinen Bauch, kitzeln über die empfindliche Haut auf meinen Oberschenkeln und legen sich dann mit sanftem Druck direkt zwischen meine Beine. Mein Herz springt wie verrückt auf und ab, als ich ihn genau an der Stelle spüre, wo mich noch vor wenigen Tagen der Kral zum ersten Mal berührt hat, um mir eine bis dahin unbekannte Lust zu bereiten. Auch Timoteis Händen gelingt es, das Feuer in mir zu entfachen. Bloß, dass ich diesmal selbst entscheide, für ihn zu brennen. Ich will, dass er mich dort berührt, dass er mich mit seinen Händen streichelt und massiert. Ich spüre, wie ich für ihn feucht werde, nur schäme ich mich dieses Mal nicht für die Reaktion meines Körpers.

Meine Finger vergraben sich in den braunen, verwuschelten Haaren meines Freundes, während seine sich sanft in meine Spalte schieben. Instinktiv scheint er genau zu spüren, wie er mich berühren muss, um mir Lust zu bereiten. Er kitzelt mich und reibt über meine Perle, um dann mit Zeige- und Mittelfinger meine Schamlippen zu teilen. Ein leises Stöhnen kommt über meine Lippen, als er meine Öffnung entdeckt und mit seinen Händen erkundet. Ich bin so erregt, dass ich mich federleicht fühle, als würde ich fliegen. Nicht einmal sein Gewicht auf mir, nehme ich mehr wahr. Nur ihn, mich, unsere Körper.

»Ich will dich Darina«, sagt er mit rauer Stimme, ohne auch bloß zu versuchen, seine Gier zu verstecken, die sein Geschlecht hart gegen meine Mitte drücken lässt.

»Das dürfen wir nicht!«, flüstere ich und sehe ihm flehend in die Augen.

»Denk nicht an die anderen«, sagt er. »Du willst mich doch, oder? Ich werde nicht zulassen, dass dich jemals wieder ein anderer Mann in die Hände bekommt.«

Wie gerne würde ich seinen Worten glauben. Doch ich weiß, dass er dieses Versprechen nicht halten kann. Selbst wenn er noch so gerne möchte.

»Ich will dich Timotei«, ich lächle meinen Freund an. »Aber nicht so. Ich will eine ehrbare Frau sein, ich kann meine Unschuld nicht auf dem Boden, in einem finsteren Wald verlieren. Bitte tu mir das nicht an Timotei. Wenn dir irgendetwas an mir liegt, warte, bis wir in Sicherheit sind. Bitte warte für mich!«

Wir sehen uns in die Augen, starren uns an, bis sich unsere Münder wieder nähern, um sich in einem neuen, intensiven und leidenschaftlichen Kuss zu vereinen.

»Mach alles mit mir, Timotei, aber lass mir die Unversehrtheit heute Nacht noch.«, flüstere ich ihm ins Ohr.

Er küsst mich, streichelt mich, drückt mich an sich.

»Alles?«

Ich nicke, sehe ihn an. Er glaubt mir, glaubt daran, dass ich mich für unsere Zukunft aufheben will. Denkt, dass es tatsächlich eine Zukunft für uns gibt! Wie sehr würde ich mir wünschen, dass er Recht behielte.

Ich erschrecke, als ich sehe, dass Timotei seine Kleider ablegt und mir seine pralle Männlichkeit präsentiert. Was hat er vor? Kann er doch nicht widerstehen? Wird er etwa gegen meinen Willen über mich herfallen?

Abwehrend hebe ich meine Hände, versuche, ihn von mir runterzudrücken. Auch wenn es mir als kleines Mädchen leicht fiel, ihn beim Ringen zu besiegen, muss ich jetzt feststellen, dass ich nicht mehr gegen seine Kraft ankomme. Er ist vom Jungen zum Mann geworden und ist mir inzwischen körperlich weit überlegen.

»Hör auf, Darina!«

Er reibt sich über den Arm, wo ich ihn in meiner Verzweiflung gekratzt habe.

»Ich werde nichts tun, was du nicht möchtest!«

Er sieht mir wieder ins Gesicht und sofort kann ich in seinen Augen die Ehrlichkeit seiner Worte erkennen. Timoteis Lippen verschließen meine, ehe ich etwas sagen kann. Rauben mir einen tiefen, sinnlichen Kuss, bis sich unsere Körper vom kleinen Kampf beruhigt haben und das Feuer der Begierde wieder leise in uns zu brodeln beginnt. Seine Hände finden zurück zwischen meine Beine, um meine Weiblichkeit genauso nass und willig vorzufinden, wie schon vorhin. Ich stöhne, mein Mund ganz nahe an seinem, und drücke mich an ihn. Ich will ihn so sehr, dass es mir schwer fällt, mich zurückzuhalten und ihm nicht alles zu geben, was er verlangt und was ihm mein Körper so gerne schenken würde.

Er streichelt mich weiter, spielt mit seinen Fingern an meiner Scheide, bis mein Herz rast und pocht vor Aufregung. Er verwöhnt mich von außen, indem er über meine Perle reibt und an den kleinen Schamlippen zupft. Dann wieder von innen, als er zärtlich einen Finger in mich schiebt. Sein Kopf wandert tiefer und ich zucke überrascht zusammen, als ich seinen Mund an meinem Geschlecht fühle. Seine Lippen, die sich auf meine Spalte senken, und den Finger in seinem lustvollen Spiel an meinem Körper unterstützen. Ich schließe die Augen und gebe mich den überwältigenden Empfindungen hin, die Timoteis Zunge an meiner Spalte auslöst. Genieße das Prickeln, das sich in sanften Wellen von der Stelle ausbreitet, wo sein Mund meine Weiblichkeit küsst. Er leckt an mir, kostet von mir. Schiebt seine Zunge in die Öffnung, die ich seinem Glied versagt habe. Mir wird heiß und kalt zugleich. Ich winde mich unter ihm, keuche, weil ich keine Luft mehr bekomme vor lauter Verlangen. Er streichelt mich mit seinen Händen, massiert mich und kitzelt mich, während seine Zunge wieder und wieder in mich stößt. Das Prickeln und Ziehen wird stärker, ich kann mich nicht mehr zurückhalten und öffne die Lippen, um meinen Liebhaber sowie die Pflanzen und Tiere um uns an meiner unsagbaren Lust teilhaben zu lassen. Das Feuer der Leidenschaft brennt lichterloh, nach und nach formt es sich in meiner Mitte zu einem glühenden Ball. Timoteis Berührungen werden stärker, er reizt mich so fest, so fordernd, bis ich nicht mehr widerstehen kann und der Feuerball Besitz von meinem Körper nimmt. Ich habe das Gefühl zu explodieren. Unter seiner Zunge in tausend Teile zu zerspringen. Ich spüre, wie ich zittere, wie sich mein ganzer Körper anspannt und zuckt, während sich die aufgestaute Erregung wie ein Vulkan in mir entlädt.

Timotei hält inne, um mich anzusehen. Um zu beobachten, wie die Lust, die er mir bereitet hat mich erfasst und fortträgt, bis ich zitternd zur Ruhe komme und sich mein Atem wieder langsam beruhigt.

Er lächelt mich an und ich lächle zurück. Dankbar, für das was er getan hat und für das was er nicht getan hat. Ich möchte mich revanchieren, ihm auf dieselbe Weise Erfüllung schenken, wie er es für mich gemacht hat.

»Was tust du Darina?«, fragt er belustigt, als ich mich unter ihm los mache und auf ihn klettere.

»Ich sage danke«, flüstere ich, während ich meine Finger über seinen Körper wandern lasse.

Ich sehe, wie er die Augen schließt und sich vertrauensvoll in meine Hände begibt. Auch wenn ich noch nie einem Mann Lust bereitet habe, weiß ich doch instinktiv, was ich zu tun habe. Außerdem fallen mir ein paar Dinge wieder ein, die ich mitbekommen habe, als ich meine ältere Schwester und ihre Freundinnen früher heimlich belauscht habe.

Ich streichle Timoteis Brust, fühle seine Wärme und seinen kraftvollen Herzschlag. Ich streichle über den zarten Haarflaum, der auf seinem Oberkörper wächst, taste mich langsam weiter nach unten vor, über seinen starken, muskulösen Brustkorb und Bauch. An den Hüften zögere ich kurz, unsicher, ob ich tatsächlich wagen soll, seine Männlichkeit zu berühren.

»Mach weiter Darina«, flüstert er und meine Finger gehorchen ihm.

Vorsichtig greifen meine Hände nach seinem Schwanz, ertasten etwas völlig Neues und Unbekanntes. Ich streichle ihn sanft, reibe mit der Handfläche über die gespannte Haut und schließe meine Hand um seinen Schaft. Timoteis Stöhnen bestärkt mich und zeigt mir, dass ich das Richtige tue, als ich meinen Kopf senke, um auch von seinem Körper zu kosten. Meine Lippen legen sich auf die Spitze seines Speeres. Schmecken einen winzigen Tropfen Männlichkeit, der sich feucht und kitzelnd auf meinen Mund legt. Ich lecke ihn ab, koste die salzige Flüssigkeit. Ein Geschmack, der mit nichts zu vergleichen ist, das ich bisher kannte.

Dann lege ich meine Lippen wieder auf ihn, streife über sein Glied, das hart und stramm von ihm absteht. Meine Zunge gleitet drei, vier Mal an ihm auf und ab, ehe sich mein Mund wieder um seinen Schwanz legt, um ihn in voller Größe zu spüren. Ich lasse ihn in mich gleiten und höre an seinem Keuchen, dass ihm gefällt, was ich mache. Ich sauge an ihm. Erlaube ihm, ganz weit in meinen Mund vorzudringen, bis er sich wie von selbst wieder aus mir zurückzieht. Dann beginnt das Spiel von Neuem. Ich nehme ihn zwischen meine Lippen, gleite bis zu seiner Wurzel und dann wieder zurück. Immer schneller, immer tiefer nehme ich ihn in meinen Mund auf, bis seine Hand nach meinem Kopf greift und mir mit sanftem Druck vorgibt, wie ich ihn verwöhnen soll. Ich spüre, wie er in mir noch härter und fester wird. Wie er zu zucken beginnt, während sein Atem immer schneller und lauter geht.

Ich weiche zurück, als ein feiner Schwall warmer Flüssigkeit aus seiner Spitze läuft. Sehe Timotei an, der laut atmend seinen Höhepunkt genießt. Er öffnet die Augen und streichelt mir über den Kopf, lächelt mich an, so glücklich, wie ich ihn noch nie zuvor gesehen habe. Ich rutsche zurück nach oben und schmiege mich fest an ihn. Ziehe mein Kleid über uns, um uns ein wenig Schutz zu geben.

»Ich liebe dich«, flüstert er, ehe er einschläft.

FLUCHT
VOR DER FREIHEIT

Timotei schlummert tief und fest, als ich aufstehe. Vorsichtig nehme ich mein Kleid und schleiche auf leisen Sohlen davon. Ich husche vor bis zum Baum, an dem sein Pferd festgebunden ist. Streichle das sanfte Tier beruhigend, ehe ich es losmache.

»Es tut mir so leid«, flüstere ich, in Timoteis Richtung.

Ich weiß, dass er mir niemals verzeihen wird, was ich gleich tun werde. Aber ich weiß auch, dass es der einzige Weg ist, wenn ich sein Leben retten will. Unser beider Leben.

Ich schwinge mich aufs Pferd und galoppiere davon. Reite so schnell ich kann fort, ohne mich noch einmal umzudrehen. Ich reite den Fluss entlang, bis ich zurück an den ersten Waldrand komme. Führe das Tier vorsichtig über Stock und Stein, weil es noch immer so dunkel ist, dass ich nicht jede Gefahr erkennen kann. Mein Herz rast vor Angst, aber noch mehr Angst hätte ich gehabt, wenn ich bei Timotei geblieben wäre. Ich weiß, dass uns die Krieger früher oder später gefunden hätten. Und dass kein gnadenvoller Tod auf den Verräter und das untreue Eheweib des Krals gewartet hätte.

Es wird langsam Tag, als ich den ersten Wald hinter mir lasse. Tapfer reite ich weiter, bis zum zweiten, dann bis zum dritten. Ich halte am See, um das Pferd zu tränken, und um selbst ein wenig auszuruhen und Kraft zu sammeln für das, was mich erwartet, wenn ich zurückkehre.

Noch bevor wir den letzten Wald erreichen, lasse ich das Tier laufen. Hoffe, dass es schlau genug ist und zu seinem Herrn zurückfindet. Dann kämpfe ich mich den schmalen Weg entlang durch das Dickicht, bis ich die Kriegerburg in weiter Ferne vor mir sehe. Meine Füße schmerzen und ich spüre, wie mich langsam die Kraft verlässt, als ich die Mauer erreiche. Vor dem ersten Wachposten breche ich zusammen.

Ich spüre etwas Nasses auf der Stirn und versuche gegen das viel zu helle Licht zu blinzeln, das mich blendet. Viel kann ich nicht erkennen, außer der Silhouette von jemandem, der sich über mich beugt. Erschrocken rutsche ich zur Seite, will die Hand wegschlagen, die sich nach mir ausgestreckt hat.

»Ruhig, Kralica, Ihr seid in Sicherheit!«

Sofort erkenne ich Endeas Stimme, die beruhigend auf mich einredet, während die Zofe mit dem Schwamm weiter über mein Gesicht streicht, über den Hals und über die Schultern, dann über meinen nackten Oberkörper und über die Beine.

»Was ist passiert?«, frage ich, während ihre Umrisse vor meinen Augen langsam wieder klarer werden.

»Ihr habt das Bewusstsein verloren, draußen vor den Mauern. Ein Wachmann hat euch gefunden und zurück auf die Burg gebracht. Ihr habt dem Mann berichtet, was geschehen ist, aber dann seid ihr weggetreten und habt den ganzen Tag geschlafen. Könnt Ihr Euch denn an gar nichts erinnern?«

Ich schüttle den Kopf. Ich kann mich nicht daran erinnern, was ich gestern erzählt habe. Ich kann mich noch nicht einmal daran erinnern, dass ich überhaupt mit jemandem gesprochen habe, seit ich zurückgekommen bin. Die Zofe deutet meinen fragenden Blick richtig und fährt mit der Erklärung fort:

»Ihr seid beim Brautlauf von einem vermummten Mann auf einem schwarzen Ross geschnappt worden. Er hat Euch fortgebracht. Ihr habt der Wache erzählt, Ihr hättet fliehen können, und dass er Euch nicht angefasst habe. Das stimmt doch Kralica, oder? Ich meine, er hat Euch nicht angefasst, richtig?«

Ich nicke.

»Und Ihr habt den Mann nicht erkennen können?«

Ich schüttle den Kopf, im selben Moment höre ich ein Klopfen an der Tür.

»Das ist der Medikus. Die Zatira hat ihn geholt, um eure Unversehrtheit zu prüfen.«

»Zatira?« Die Rothaarige, schießt es mir durch den Kopf, noch bevor Endea antworten kann.

Wieder klopft es an der Tür und Endea springt auf, um zu öffnen.

»Der Medikus wird euch untersuchen, Kralica. Keine Angst, er ist ein erfahrener Heiler. Er weiß was er tut.«

Ein älterer Mann mit weißem Haar tritt ins Zimmer, hinter ihm folgen die Ehefrauen des Krals. Vier Kralici kann ich zählen, die Rothaarige, Zatira, eingeschlossen. Der Heiler kommt näher, mustert mich mit wachem Auge und deutet Endea einen Schritt zurückzutreten.

»Ihr seht unversehrt aus, Kind«, sagt er und schlägt meine Decke zur Seite.

Ich zittere am ganzen Körper, als er meinen nackten Körper allen zur Schau stellt. Wie schon bei der ersten Begegnung fühle ich die bohrenden Blicke der anderen Kralici auf meinem Körper. Bloß dass ich dieses Mal noch ungeschützter bin. Nackt und ausgeliefert, fühle ich mich unter ihren Augen. Ich presse meine Beine zusammen und versuche meine Brüste mit den Händen zu schützen, doch die schiebt der Gelehrte gleich zur Seite. Ich höre zwei Mädchen tuscheln, ein leises Kichern. Ein scharfer Blick des Medikus genügt, um sie zum Schweigen zu bringen. Der Mann fährt mit zittrigen Fingern einen schmalen Kratzer entlang, der über meine Brust führt. Eine Verletzung, die ich mir offenbar bei der Flucht durch die Wälder zugezogen habe und die mir bislang noch nicht einmal aufgefallen ist. Seine Hände wandern weiter nach unten, legen sich auf meine angewinkelten Knie und drücken meine Beine auseinander. Ich leiste Widerstand, presse meine Schenkel zusammen, so fest ich kann. Ich will mich nicht in dieser Position präsentieren, schon gar nicht, wenn die anderen so unverschämt gaffen.

»Ihr müsst die Beine öffnen und mir Zugang gewähren. Ich muss prüfen, ob Ihr unversehrt seid«, erklärt der Heiler mit ruhiger Stimme und legt nochmals seine Hände auf meine Knie, um sie auseinander zu pressen. Wieder halte ich dagegen.

»Kralica, wenn Ihr mich nicht meine Arbeit tun lässt, muss ich Euch festbinden!«

Sein Ton klingt jetzt schärfer, bedrohlicher.

»Tut was er sagt«, flüstert Endea an meinem Ohr.

Wieder kann ich leises Kichern im Hintergrund vernehmen. Warum schickt er die Frauen nicht endlich fort?

»Müssen alle dabei sein?«, frage ich den Medikus.

Er nickt. »Wir brauchen Zeugen.«

Als ob Endea nicht genügen würde!

»Hört Ihr jetzt endlich auf, Widerstand zu leisten?«

Noch immer ringen die Hände des Gelehrten um die Vorherrschaft über meine Beine. Doch es gelingt ihm nicht, sie zu spreizen. Er ist ein alter Mann und mein Wille ist stark.

Auf ein Zeichen der Zatira, treten zwei Wachen ins Zimmer und kommen dem Heiler zur Hilfe. Links und rechts platzieren sie sich am Bett und zerren meine Beine auseinander. Ich schreie jetzt, schlage um mich und versuche mich zu wehren. Ich weiß, dass mir nichts geschieht und dass der Gelehrte bloß seine Pflicht tut, trotzdem ist es mir nicht recht, hier vor allen Leuten dermaßen vorgeführt zu werden.

Meine Beine brennen von der Anstrengung und von dem Lauf, den ich hinter mir habe, meine Kräfte sind noch nicht vollständig zurückgekehrt. Ich spüre, wie die Wachen Oberhand bekommen und meine Schenkel erst anwinkeln, dann weit gespreizt zur Seite drücken, um sie dort mit Bändern an den Bettpfosten zu fixieren. Die gleiche Prozedur wiederholt sich mit meinen Händen, bis ich angekettet bin und wie ein Käfer am Rücken liege, ohne mich ein Handbreit nach links oder rechts bewegen zu können. Das Gekicher hat aufgehört, doch ich kann fühlen, wie sich die Augen jetzt neugierig in mein Geschlecht bohren. Fragende Blicke, die erkennen wollen, ob ich noch unberührt bin oder nicht.

Ich zucke zusammen, als ich etwas Kühles, Cremiges zwischen meinen Beinen fühle. Gleich darauf die Hand des Heilers, die das flüssige Etwas über meinem Schambereich verteilt.

»In Eurem eigenen Interesse Kralica, warne ich Euch jetzt stillzuhalten. Ich will Euch wirklich nicht verletzen«, sagt er und ich sehe eine Klinge in seiner Hand aufblitzen.

Mein Gott, was hat er bloß vor? Was um Himmels willen, will er mit dem scharfen Messer zwischen meinen Beinen?

»Bitte nicht! Bitte hört auf!«

Mein Flehen nützt nichts, ich spüre, wie er den kalten Stahl auf meine warme Haut auflegt und mit geübter Hand eine erste Bahn nach unten zieht, den Haarflaum entfernt, der meinem Geschlecht einen letzten Schutz vor den Blicken bietet.

»Nein, bitte!«

Die zweite Spur zieht sich nach unten, dann eine dritte. Er tut seine Arbeit gründlich, innerhalb weniger Augenblicke lässt er mein Allerheiligstes ohne ein einziges Härchen zurück. Erschrocken sehe ich zu seinem Werk. Es sieht kahl aus, leer. Wie bei einem Kind.

Er hält seine Hände in die Wasserschale, dann legt er sie wieder auf meinen Intimbereich.

»Äußerlich sehe ich keine Verletzungen.«

Seine Finger wandern über den Schamhügel nach unten, inspizieren jedes Stückchen meiner sensiblen Haut auf Kratzer und Flecken. Ich kann seine Hände überall spüren. Auf meinem Bauch. An meinen Innenschenkeln. Auf meinem Geschlecht.

»Ich werde sie jetzt innen untersuchen, um ihre Jungfräulichkeit festzustellen«, sagt der Heiler, an Zatira gewannt.

»Nein, nicht«, protestiere ich.

»Wenn Ihr die Wahrheit gesagt habt, habt Ihr keinen Grund zur Sorge«, entgegnet er, bevor er die Hautfalten auseinander schiebt und seinen Kopf ganz nahe zu meinem Geschlecht beugt. Sein Blick ist mir unangenehm, ich will nicht, dass er mich so sieht. Wenigstens sind die Soldaten wieder einen Schritt zurückgetreten und verstellen so mit ihren Körpern die Sicht der Frauen, die sich wie neugierige Hyänen um uns versammelt haben.

Im nächsten Moment kann ich spüren, wie sich sein Finger ein kleines Stück in mein Loch schiebt.

»Nein!«, ich winde mich hin und her, doch die Fesseln halten mich gut im Zaum.

Der Zeigefinger des Medikus tastet meine Scheidenwände ab. Seine andere Hand liegt auf meinem Unterbauch. Ich kann sehen, dass die Wächter jetzt auch nicht mehr den Blick wegnehmen können. Sie und die Frauen beobachten neugierig, wie seine Hand mich untersucht. Den Beweis meiner Unschuld zu ertasten versucht. Es fühlt sich nicht zärtlich an, so wie bei Timotei. Auch nicht leidenschaftlich, wie bei Tarabas. Einfach nur kalt und unangenehm. Medizinisch.

»Könnt Ihr ein Jungfernhäutchen spüren?«, fragt Zatira ungeduldig.

An ihrem Blick kann ich sehen, dass sie die Demütigung genießt, die mir widerfährt. Ich bin sicher, dass sie auf eine negative Antwort hofft. Auf den Beweis meiner Unkeuschheit.

»Einen Augenblick noch, Kralica«, vertröstet sie der Heiler und drückt seine Finger fester gegen mein Fleisch. Unter dem ungewohnten Druck kreische ich auf. Was hat er bloß vor? Will er mir jetzt persönlich die Unschuld nehmen und ihr mein Blut zum Beweis zeigen?

Ich fahre herum, als das Tor zum Schlafraum erneut aufgestoßen wird. Tarabas steht in der Tür. Groß. Stark. Verdammt wütend.

»Was zum Teufel macht ihr hier?«

Niemand wagt es ihm zu antworten, oder ihn auch bloß anzusehen.

»Die Untersuchung, mein Kral, ich mache nur meine Arbeit.«, sagt der Heiler schließlich kleinlaut.

»Schluss mit dem Unsinn! Alle raus. Sofort!«

Auf Tarabas Befehl hin, huschen die Frauen zur Tür, der Heiler zieht seine Hände zurück und packt seine Sachen zusammen.

»Raus, hab ich gesagt!«

Der Medikus schmeißt jetzt in seiner Hektik die Gerätschaften ohne weitere Beachtung in die Tasche und beeilt sich aus dem Zimmer zu kommen.

»Mach sie los!«, herrscht Tarabas einen seiner Wächter an. Der andere folgt dem Gelehrten nach draußen.

»Das hätten sie nicht tun sollen«, sagt der Kral wütend und streicht eine Träne weg, die über meine Wange rollt. »Bist du verletzt Darina?«

Ich schüttle den Kopf.

»Kannst du laufen?«

»Ich denke schon, mein Herr.«

Er reicht mir das lachsfarbene Gewand, das am Stuhl neben dem Bett liegt und wartet, bis ich mich angekleidet habe. Dann folge ich ihm durch die langen Gänge der Burg, bis ich meine Orientierung fast verloren habe.

FELSEN
DER UNSCHULD

Am nördlichen Ausgang erreichen wir unser Ziel: Tarabas' private Stallungen.

»Ich möchte dir etwas zeigen, dass dir Freude bereiten soll.«

Überrascht sehe ich ihn an. Ein Geschenk für mich?

Auf seinen Befehl hin, holt ein Stalljunge einen Achal-Tekkiner ins Freie und führt das wunderschöne Pferd zu mir. Ohne zu überlegen strecke ich die Hand danach aus und streiche über das goldene Fell.

»Er ist wunderschön.«

»SIE ist wunderschön«, korrigiert mich Tarabas. »Genau wie ihre Besitzerin.«

Er drückt mir das Zaumzeug in die Hände.

»Ihr Name ist Altinda. Denkst du, du kannst schon wieder reiten?«

Ich nicke. Solange ich nicht wieder mit den Wachen kämpfen muss, soll mir alles recht sein. Der Stalljunge führt ein zweites Pferd aus dem Stall, einen schwarzen, kräftigen Hengst, der Altinda um ein gutes Stück überragt. Tarabas' Pferd.

»Altinda ist dein Hochzeitsgeschenk«, sagt er und sieht mich mit seinen durchdringenden Augen an, sodass mir sofort warm ums Herz wird. »Wenn du reiten kannst, möchte ich gerne, dass du mir folgst. Ich will dir noch etwas zeigen.«

Neugierig nicke ich und steige aufs Pferd. Ein Ausritt nur mit dem Kral? Mein Herz klopft. Seit ich hierhergebracht wurde, war ich noch keinen Augenblick mit ihm allein. Er schwingt sich auf sein Ross und ich tue es ihm gleich.

»Ihr reitet wie ein Mann«, sagt er nach dem ersten Stück.

Sein Blick ist etwas irritiert und belustigt, aber nicht unbedingt verärgert.

»Ich reite immer so.«

Er hebt die Augenbraue und grinst. Er weiß wohl nicht, dass in meinem Dorf alle so reiten. Der Kral beschließt meine Reitkenntnisse zu testen und gibt seinem Pferd draußen vor den Osttoren die Sporen. Galoppiert den Weg hinauf Richtung Hügel und Wälder. Meine goldene Stute beeilt sich ihm nachzukommen. Altinda läuft schnell, sie ist ein schönes, kräftiges Tier. Wir reiten immer weiter in den Osten, die Hügel hinauf, bis die Burg in der Ferne immer kleiner wird. Irgendwann wird der Wald um uns dichter und Tarabas weist mich an, mein Pferd neben seinem an einem merkwürdig geformten, uralten Baum festzumachen.

»Von hier an müssen wir laufen«, erklärt er.

Ich folge ihm den schmalen Weg entlang, bis auch der irgendwann endet. Dann schiebt er sich durch die

Felsen durch, drängt durchs Dickicht weiter vorwärts und hält ab und an einen Zweig zur Seite, damit ich ungehindert passieren kann. Er balanciert auf Steinen einen kleinen Fluss hinüber und nimmt meine Hand, um mir den Überstieg zu erleichtern. Ich folge ihm zwischen den Felsen weiter nach oben ins Gelände. Die ganze Zeit über redet er nicht mit mir und ich frage mich, ob er immer so wortkarg ist. Hat er kein Interesse daran, sich mit mir zu unterhalten? Wieso bringt er mich überhaupt hierher? Will er mir am Ende gar nichts Gutes hier oben? Was, wenn er, ebenso wie Zatira, nicht an meine Unschuld glaubt und mich hier oben jetzt meine Strafe erwartet? Hat er vor, mein Dasein hier zu beenden und später alleine zurückzukehren?

Langsam macht sich etwas Panik in mir breit und ich kann spüren, wie ich an den Armen eine Gänsehaut bekomme.

»Ich hätte warten sollen, dich hierher zu bringen«, sagt er, als ihm auffällt, dass ich langsamer geworden bin.

»Nein, es geht mir gut«, sage ich schnell und bemühe mich zu lächeln, obwohl meine Beine schmerzen.

Tarabas glaubt mir nicht, er bleibt stehen und wartet. Dann greift er unter meine Beine, hebt mich hoch, um mich den steilen Weg zwischen den Felsen hinauf zu tragen.

»Nein, bitte. Das ist wirklich nicht nötig! Ich kann laufen!«

Sein Entschluss ist gefallen. Er klettert mit mir am Arm nach oben, so einfach und unbeschwert, als würde er bloß eine Puppe tragen. Ich schließe die Augen und halte mich an seinem starken Nacken fest. Genieße wieder die Geborgenheit, die von ihm ausgeht und seinen männlichen Duft, der mir in die Nase steigt. *Er wird mir nichts tun,* denke ich. *Wenn er das hätte wollen, würde er sich nicht die Umstände machen, mich erst so hoch hier hinauf zu schleppen. Er hätte mein Leben ebenso gut unten am Fluss beenden können, ohne weiteren Aufwand.*

Ein paar Gesteinswege weiter, stellt er mich vorsichtig wieder auf den Boden.

»Wir sind da. Es ist gleich da vorne, hinter dem Felsen.«

Wieder fasst er nach meiner Hand, um mich hinter sich herzuziehen. Aufgeregt sehe ich mich um, noch kann ich nichts erkennen, außer ein paar Steinen und Sträuchern. Er führt mich um einen letzten hohen Felsen herum, dann bleibt er an der Klippe stehen. Erstaunt reiße ich die Augen auf. Das, was vor mir liegt, ist unbeschreiblich schön. Unter mir sehe ich die Burg, so klein, als wäre sie bloß das Heim von ein paar Ameisen oder Käfern. Rundherum erstrecken sich die umliegenden Wiesen, Wälder und Felder wie ein bunter Teppich in strahlenden Gold-, Braun-,

Grün- und Gelbtönen. Etwas weiter in der Ferne sehe ich ein paar gepunktete Flächen, eine davon kann ich trotz ihrer Winzigkeit als mein Heimatdorf erkennen. Die orange Abendsonne taucht die Landschaft in ein warmes Licht, während sie langsam ihren Weg hinter die gegenüberliegenden Berge antritt. Tarabas deutet auf eine Holzleiter, die so gut zwischen den Bäumen versteckt ist, dass ich sie fast nicht gesehen hätte. Vor ihm klettere ich die Sprossen nach oben, bis ich eine Art Plattform erreiche, die zwischen die Bäume geschlagen ist, geschützt von Zweigen und Blättern auf der Oberseite. Ich finde bunte Kissen in der Mitte der Plattform, seitlich ein paar Krüge, eine Lampe, kleine Tiegel, ein paar Karten und sogar Bücher.

»Ich komme hier her, wenn ich allein sein möchte.«, sagt Tarabas, der hinter mir aufgetaucht ist.

Überrascht sehe ich ihn an. Ein Kral, der sich zurückzieht, um nachzudenken? Um vielleicht sogar etwas zu lesen?

Er legt die Hand um meine Schultern und führt mich nach vorne bis an den Rand der Plattform. Der atemberaubende Abgrund unter uns wirkt bedrohlich, aber ich weiche nicht zurück, so wie er es wahrscheinlich erwartet hatte. Er wird mich nicht hinunter stoßen, davon bin ich inzwischen überzeugt.

»Das alles, was du vor dir siehst, Darina, gehört mir und es soll auch dir gehören. Als meine Kralica bist du keine Gefangene, du kannst dich hier frei bewegen. Du kannst alles haben, was du haben möchtest: Essen, Kleider, Schmuck, Vergnügen. Dir steht alles frei. Das Einzige, das ich im Gegenzug von dir verlange, ist deine absolute Treue, Ehrlichkeit und Unterwerfung.«

Ich sehe ihn mit großen Augen an.

»Bist du bereit, dich mir voll und ganz zu unterwerfen?«

Unsicher nicke ich.

»Ich vertraue dir Kralica. Ich glaube dir, was du nach deiner Entführung gestern beteuert hast und ich glaube dir auch jetzt. Sieh es als Vertrauensvorschuss an, aber enttäusche mich niemals.«

Er muss es nicht aussprechen, damit ich weiß, was ich zu erwarten habe, wenn ich ihn jemals belügen sollte.

Am Rande der Plattform legt er seine Arme um mich und zieht mich an seine starke Brust. Einen Moment lang bleiben wir nur so stehen, eng umschlungen, wie ein ganz normales Paar, und beobachten gemeinsam, wie die Sonne tiefer wandert und das Tal erst in ein dunkleres, satteres Goldgelb taucht, später in ein warmes Orange und schließlich in ein glühendes Rot.

Er drückt mich näher an seine Brust und ich frage mich, ob er auch mit seinen anderen Frauen hier hoch kommt, um Sonnenuntergänge anzusehen. Es wäre bestimmt töricht von mir, zu denken, dass ich die Einzige bin.

Tarabas senkt seinen Kopf auf meine Schulter und streicht mein langes Haar zur Seite. Dann beginnt er meinen Nacken zu küssen. Ein Prickeln jagt durch meinen Körper. Die Stelle, die er küsst, brennt und kribbelt. Seine Berührung ist so sanft und zugleich so leidenschaftlich und fordernd, dass die Aufregung sich in meinem Körper wie ein Lauffeuer ausbreitet, bis sie meinen Schoß erfasst.

Mit der Hand dreht der Kral meinen Kopf ein Stück weit, sodass seine Lippen meinen Mund erreichen. Ich stöhne, als er mit der Zunge in mich stößt und mit neckischen, kreisenden Bewegungen mit mir spielt. Seine Arme, die mich bis eben noch fest umschlungen hatten, lösen sich und legen sich auf meine Schultern. Streichen mit sanftem Druck über meine Haut, bis sie die schmalen Bänder erreichen, die mein Kleid oben zusammenhalten und diese mit schnellen Handgriffen lösen. Der lachsfarbene Stoff gleitet zu Boden und lässt meinen Körper unbedeckt zurück. Tarabas' Hände legen sich auf meine Schultern, fahren die Arme entlang und berühren jedes Stückchen Haut, das jetzt ungeschützt vor ihm liegt. Er streichelt meinen Rücken entlang nach unten, um dann gleich wieder nach oben zu greifen und seine Erkundungstour auf der Vorderseite fortzusetzen. Langsam schieben sich seine Finger über meinen Oberkörper, wandern das Dekolleté nach unten und bleiben auf meinen Brüsten liegen. Sein Mund ist nahe an meiner Wange. Er berührt mich nicht, doch ich kann spüren, wie mich sein Atem kitzelt. Ich dränge ihm mein Gesicht entgegen, versuche mich nachzudrehen, damit ich ihn wieder ansehen kann. Küssen kann. Doch der Herr hält mich mit festem Griff in meiner Position gefangen. Er lässt nicht zu, dass ich mich bewege, während er sich alle Zeit der Welt nimmt, meinen Körper zu erkunden. Meine Brüste zu streicheln. Meine Nippel zu reizen.

Als er sicher ist, dass ich gehorsam sein werde und nicht wieder eigenmächtig versuche, mich zu wenden, lässt mich seine zweite Hand los, um sich zwischen meine Beine zu schieben. Wieder berührt er mich auf dieselbe Art und Weise, die mich schon damals, am Tag unserer ersten Begegnung, um den Verstand gebracht hat. Seine Finger kitzeln mich. Sie reizen die Innenseite meiner Schenkel, streicheln zärtlich über den Schamhügel, den der Medikus auf so schändliche Art und Weise glattrasiert hat. Wieder spielt sein Daumen mit meiner Perle, stupst mich und kitzelt mich genau dort, wo ich am sensibelsten bin. Mein Herz klopft und ich kann fühlen wie ich wieder feucht werde zwischen meinen Beinen. Inzwischen kenne ich das Gefühl der Erregung gut genug, um zu wissen, dass genau das mit mir passiert. Dass er mit seiner Berührung meine Lust entfacht. Mich zittern lässt, gierig und hilflos den Trieben meines eigenen Körpers ausgeliefert.

Ich spüre, wie seine Finger durch meine Spalte gleiten. Wie er meine Schamlippen öffnet und die

Flüssigkeit verteilt, die sich zwischen meinen Beinen gesammelt hat. Dann drängt sich einer seiner Finger in meine Scheide, die vor kurzem noch vom Heiler auf seine Unberührtheit abgetastet worden ist. Ein lustvolles Keuchen entfährt meinen Lippen.

Tarabas ist zärtlich, im Gegensatz zur Untersuchung fühlt sich sein Finger in mir gut an. Richtig an. Er dehnt mich langsam mit seiner Bewegung. Bereitet mich auf das vor, was noch kommen mag. Er schiebt seinen Finger tiefer in mich, bewegt sich in mir. Zieht sich zurück, nur um beim nächsten Mal noch ein Stück weiter in mich hinein zu stoßen. Mein gesamter Unterleib zieht sich zusammen, zuckt und kribbelt unter seiner Behandlung. Ich kann spüren, dass meine Perle anschwillt, ebenso wie meine Nippel, die sich unter seinen erfahrenen Händen lüstern aufgerichtet haben.

»Willst du mich?«

Seine Stimme summt verführerisch an meinem Ohr.

Ich nicke.

»Bist du bereit für mich?«

Wieder nicke ich. Wenn es jetzt passiert, dann soll es so sein. Ich bin froh, dass er es ist, der sein Recht einfordert und nicht einer der schmutzigen, wilden Kerle, die beim Brautlauf hinter mir her waren. Ich drehe mich nach, um ihn anzusehen. Um mich ihm anzubieten.

Wieder hält er mich fest. Sein Mund schiebt sich an meinen Hals, er lässt mich seine warme Zunge auf der Haut spüren, dann seine Zähne.

Ich lasse mich von ihm noch ein Stück weiter nach vorne dirigieren. So nahe zum Abgrund, dass ein unbedachter Schritt reichen würde, um mich für immer ins Jenseits zu befördern. Tarabas fasst an meinen Kopf und drückt meinen Oberkörper behutsam nach unten. Er legt meine Hände auf den kleinen Holzpfeiler, der an der Vorderkante hochsteht und deutet mir, mich daran festzuhalten. Mit zittrigem Griff umfasse ich meine Stütze, während er an meine Hüften greift und meine Haltung korrigiert. Er zerrt mein Becken in die Höhe, drückt meine Beine mit sanftem Griff auseinander. Aufregung macht sich in meinem Körper breit. Angst. Neugierde.

Dann lässt er mich los. Ich kann hören, wie er sich an seinen Gewändern zu schaffen macht. Ohne nachzudenken lasse ich den Pfeiler los und drehe mich nach, um ihn anzusehen. Ich erhasche einen Blick auf seine Männlichkeit, die mir groß und hart entgegen springt. Die Größe erschreckt mich, lässt mich daran zweifeln, ob er wirklich jemals in mich hineinpassen kann. *Er wird mir weh tun,* denke ich. *Er wird mich zerreißen!*

»Greif nach vorne«, verlangt Tarabas, als er sieht, dass ich mich schon wieder seiner Anordnung widersetzt habe.

Zitternd drehe ich mich um. Umklammere den Holzpfahl, während ich warte, dass er auf mich zutritt.

»Hab keine Angst«, sagt er, während sich seine Hände auf meine Hüften legen. »Ich werde vorsichtig mit dir sein.«

Seine Stimme klingt so beruhigend und sanft, dass ich ihm glaube. Dass ich ihm vertraue.

Wieder spüre ich seine Hände, die sich nach vorne tasten und prüfen, ob ich nach wie vor feucht bin. Sie streicheln mich, verhätscheln meine Schamlippen und meine Perle mit süßen kleinen Bewegungen, bis ich mich beruhigt habe und aufhöre zu zittern. Dann spüre ich, wie er meine Beine noch ein Stück weiter auseinander schiebt und an meine Lenden greift.

Ich halte den Atem an, als sich die Spitze seines Speers an mein Geschlecht schmiegt. Er fühlt sich so unglaublich hart an. So groß!

Seine Hand streicht über meinen Rücken, fasst in mein Haar und drückt meinen Oberkörper fest nach unten. Ich beiße die Zähne zusammen.

Ich spüre, wie er versucht in mich zu stoßen. Mein Körper verkrampft sich, leistet Widerstand und lässt mich instinktiv nach vorne ausweichen, doch er hält mich an der Hüfte fest und zieht mich zurück zu ihm. Seinem harten Schwanz entgegen.

Ich kann spüren, wie er sich langsam in mich schiebt. Stück für Stück bohrt sich sein dicker Penis in mein kleines Loch, dort, wo ich eben noch von seinen Händen verwöhnt worden bin.

»Aaaah«, jammere ich zwischen zusammengebissenen Zähnen, als ich spüre, wie er sich weiter vorwärts schiebt und mich dabei so dehnt, wie ich es niemals für möglich gehalten hätte.

»Lass es ruhig raus«, sagt er. »Der Schmerz dauert nur einen kurzen Moment, er wird gleich vorüber sein.«

Wieder fasst er an meine Hüfte, um mich fest zu halten, bevor er sich mit einem weiteren Stoß tief in mich hineinbohrt.

Ich schreie auf, als ich das Brennen spüre. Ein beißender Schmerz breitet sich von meinem Unterleib in meinen gesamten Körper aus. Ich habe das Gefühl zu zerspringen, rutsche reflexartig nach vorne und drücke mich gegen seine Hand, die mich zurückhält. Winde mich, um auszubrechen. Er ist in mir drinnen. Das fühlt sich anders an als alles, was ich bisher erlebt habe.

Der Kral hält inne. Bleibt einen Augenblick lang ruhig stehen, seinen Schwanz weit in mir, seine Hände auf meiner Hüfte und in meinem Haar. Er lässt mich atmen, lässt mir Zeit, mich an seine Größe zu gewöhnen und wartet, bis der Schmerz langsam verfliegt.

Als ich wieder ruhiger werde, zieht er sich ein Stück aus mir zurück. Ich denke schon, dass es vorbei ist, da bohrt er sich erneut in mich hinein. Noch ein

Stück weiter und fester, als davor. Ich stöhne auf. Wieder kann ich den süßen Schmerz fühlen, das Brennen, das sein Speer in mir auslöst. Er ist so tief in mir, füllt mich so weit aus, dass ich fürchte zu platzen.

Er gleitet aus mir hinaus und sticht zu. Wieder und wieder. Drückt sich mit jedem Mal ein Stückchen weiter in mich hinein. Stößt mit jedem Mal ein bisschen fester zu. Ich keuche und wimmere unter seinem Körper.

Seine Hand wandert nach vorne, legt sich erneut über meine Perle und kitzelt mich dort, während er mich in gleichbleibendem, unerbittlichem Rhythmus nimmt. Ich spüre, wie der Schmerz nachlässt und langsam wieder durch das aufregende, lustvolle Prickeln von vorhin ersetzt wird. Seine Finger reiben über meine Perle, während ich spüre, wie er mich mit jedem seiner kraftvollen Stöße so weit im Inneren reizt, wie ich es niemals für möglich gehalten hätte.

Ich höre seinen Atem laut und schwer, als er sich über mich beugt. Er hält sich jetzt nicht mehr zurück, sondern setzt seine gesamte Kraft ein, hämmert seinen Prügel immer schneller und fester in mich hinein, bis ich stöhne und kreische unter seinen Stößen.

»Komm für mich, schöne Kralica«, verlangt er, während seine Finger an mir spielen.

Er scheuert mich, reibt mich mit jeder seiner Bewegungen wund und doch bebe ich vor Verlangen und flehe stumm darum, dass er bloß nicht aufhören soll.

Doch das hat er ohnehin nicht vor. Im Gegenteil, ich habe das Gefühl, dass sein Schwanz in mir immer dicker und härter wird. Seine Hand ruht auf meiner Perle, während er sich ein letztes Mal in mir bewegt und ich spüre, wie meine Beine zittern und langsam nachgeben, während sich von meinem Unterleib ausgehend eine gewaltige Hitze in meinem Körper ausbreitet.

Ich schreie auf, als ich den Höhepunkt erreiche. Spüre, wie sich alles in mir zusammenzieht und wie meine Scheide seinen Schaft mit rhythmischen Kontraktionen massiert, bis auch er unter lautem Seufzen zu zucken beginnt. Ein unbeschreiblich intensives Gefühl befällt mich, lässt mich beben und nach Luft japsen. Ich fühle, wie die Anspannung, der Schmerz, die Lust und die Hitze sich in einer einzigartigen Gefühlsspirale vermischen, um in die himmlischste Form der Entspannung überzugehen. Die Empfindung ist so viel intensiver wie alles, das ich bisher erlebt habe. Stärker noch als das, was ich am ersten Abend unter Tarabas Hand und später bei Timotei gespürt habe.

Der Kral hält inne, lässt mich einen Moment lang genießen, ehe er sich langsam aus mir zurückzieht. Die Kraft verlässt mich, ich sinke nach vorne, falle um ein Haar, doch er ist sofort zur Stelle um mich aufzufangen. Er zieht mich in seine Arme, drückt mich fest an sich, während wir auf eine der Decken sinken.

Dann verschmelzen unsere Lippen zu einem neuen, intensiven Kuss.

»Liebst du mich?«, fragt er nach einer Weile, die wir einfach nur vor der Öllampe gesessen und auf die dunkle Burg hinunter gestarrt haben.

Ich sehe in sein schönes Gesicht und nicke.

»Ich unterwerfe mich Euch so, wie es eine Kralica tun muss, mein Kral. Ich werde Euch treu und ergeben sein. Mein Körper gehört Euch und ich werde Euch niemals enttäuschen. Seht die Bluttropfen am Felsen als Zeichen meiner Ehrlichkeit.«

»Das ist nicht, was ich dich gefragt habe, Darina.«

Seine dunklen Augen sehen in mich hinein, durchdringen mich so, dass mir wieder heiß wird.

»Wenn Ihr von meinem Herzen sprecht, darüber habe ich keine Macht, mein Herr.«

Ich stoppe und sehe hinaus in die Dunkelheit. Ich weiß, dass ich mich auf sehr dünnem Eis bewege. Mit einer solchen Aussage riskiere ich, seinen Zorn auf mich zu ziehen. Weiß Gott, zu was er fähig sein kann, wenn man ihn reizt.

»Sprich weiter«, verlangt er ungerührt.

»Ich habe versprochen, immer aufrichtig mit euch zu sein, mein Herr, deshalb muss ich Euch die Wahrheit sagen.« Meine Stimme ist leise, fast flüstere ich die Worte, die ich eigentlich lieber nicht aussprechen würde. »Ich kann mein Herz niemandem schenken, der nicht das Gleiche für mich empfindet. Ich kann niemanden von ganzem Herzen lieben, für den ich nur eine von vielen bin.«

Ich zucke zusammen, als er sich bewegt, weiche aus, weil ich jederzeit mit einem Schlag rechne. Doch er tut nichts dergleichen. Er greift lediglich nach vorne, um eine zweite Decke zu nehmen und über meine nackten Beine zu ziehen.

»Nun, dann werde ich mich wohl fürs Erste mit deinem Körper zufrieden geben müssen.« Er streichelt zärtlich mit der Hand durch mein Haar. »Danke für deine Ehrlichkeit Darina.«

DIE STRAFE
DER SÜNDER

»Ihr strahlt Kralica, hattet Ihr gestern einen schönen Abend?«

Ich kann Endeas neugierige Blicke spüren, während sie mein Haar frisiert. Ich weiß genau, was sie eigentlich fragen möchte, aber es scheint ihr wohl unangebracht, mich direkt darauf anzusprechen.

»Ja, es war schön«, sage ich und kann nicht verhindern, dass mir ein leises Seufzen entfährt.

»Darf ich fragen, wo Ihr gewesen seid?«

»Im Wald«, sage ich kurz und geheimnisvoll.

»Im Wald?«

Sie sieht mich fragend an, sichtlich genervt, dass sie mir jedes Wort aus der Nase ziehen muss. Ich lasse sie noch einen Augenblick lang zappeln und überlege, wie viel ich ihr sagen kann, während sie versucht, eine Filze aus einer langen Haarsträhne zu bekommen. Ist es angebracht, seiner Zofe von der ersten Liebesnacht mit dem Kral zu erzählen? *Gewiss nicht,* denke ich. Aber andererseits brauche ich jemanden zum Reden, gerade jetzt. Und eigentlich ist Endea seit meiner Ankunft auf der Burg zu meiner einzigen Freundin geworden.

»Er hat mich zu einem Aussichtspunkt gebracht«, sage ich. »Seinem geheimen Rückzugsort, wie er behauptet.«

Als ich Endeas Blick sehe, bereue ich sofort meine Schwärmerei. Der Ort ist nicht geheim. Sie kennt ihn!

»Er hat sie alle dorthin gebracht, oder?«

Sie versucht meinem Blick auszuweichen, doch ich weiß trotzdem sofort, dass ich richtig liege. Eine bedrückende Stille füllt den Raum, ehe sie antwortet.

»Nicht alle, nur Savanna.«

»Savanna?«

Noch während ich den Namen ausspreche, wird mir klar, wen sie meint. Savanna - die Kralica, die kurz nach ihrem Brautlauf verschwunden ist.

Er hat sie dorthin gebracht, wo er mit mir war? Vor ihrer Hochzeit? Oder danach? Hat er sie etwa nach dem Brautlauf dorthin gebracht? Ein dunkler Gedanke breitet sich in meinem Kopf aus. Starb Savanna auf der Aussichtsplattform? Und was weiß Endea darüber? Ich traue mich nicht, meine Frage auszusprechen. Alleine schon für den bloßen Gedanken, könnte ich gehängt werden. Also frage ich meine Zofe etwas anderes.

»Wie war Savanna so? Hast du sie gekannt?«

Endea hält inne und sieht mich verwundert an.

»Nun ja, es ist schon ein paar Jahre her, Kralica. Ich war gerade ein halbes Jahr hier, als man Savanna zu uns brachte. Aber ich kann mich gut an sie erinnern. Savanna war ein freundliches Mädchen, immer nett zu allen. Nicht wie die anderen, die mich nur herumstießen und beschimpften, wenn ich nicht gleich verstand. Savanna war ein gutes Mädchen. Und sie war wunderschön.«

Endea legt die Haarbürste zur Seite und betrachtet mein Gesicht.

»Sie war Euch sehr ähnlich, Kralica.«

Unser Gespräch wird von lauten Rufen und Getrampel unterbrochen, Lärm der vom Hof zu kommen scheint.

»Was ist das für ein Tumult da draußen?«, frage ich Endea, die zur Luke getreten ist.

»Die Wachen sind zurück«, sagt sie. »Sie haben einen Gefangenen mit.«

Ich warte im Zimmer, während meine Zofe nach unten eilt, um mehr zu erfahren. Ziehe Kreise durch den Raum, weil mich ein so beunruhigendes Gefühl befallen hat, dass ich nicht ruhig bleiben kann. Die Zeit verstreicht, während ich immer nervöser werde. Was ist dort los? Ich muss es wissen. Wo bleibt Endea?

Erst als ich kurz davor bin, selbst runter zu laufen, kommt die Zofe zurück ins Zimmer.

»Sie haben ihn Kralica.« Sie bleibt in der Tür stehen, sichtlich außer Atem von ihrer schnellen Rückkehr zu mir. »Sie haben den Unhold, der Euch im Wald gestohlen hat.«

Was? Ich renne zur Luke. Timotei? Sie haben Timotei gefangen? Ich spüre, wie mein Herz zu rasen beginnt. Mein Blick fixiert die Wachen, die eine arme Kreatur in Ketten hinter sich her führen. Dunkle Gewänder verhüllen seinen Körper, ein Umhang, der mir keinen Blick auf sein Gesicht erlaubt. Die Statur wirkt stark und kräftig, so wie die meines Freundes, aber aus der großen Entfernung könnten viele so aussehen.

»Ich muss ihn sehen«, sage ich, als ich an Endea vorbei zur Tür hinaus stürme und runter in den Hof eile.

Mit beiden Händen halte ich meinen Rock nach oben, um auf dem Weg nicht über die Stufen zu stolpern. Ich laufe geschwind, wesentlich schneller, als es sich für eine Kralica geziemt. Es spielt für mich keine Rolle, was sich die anderen denken, was sich gehört oder nicht. Ich muss nach unten, sofort!

Im Hof hat sich bereits eine Traube Schaulustiger versammelt, die neugierig die Gestalt beäugt, die sich in ihren Fesseln windet und zappelt. Ein paar Zuseher haben angefangen faules Obst und Gemüse nach dem armen Tropf zu werfen. *Pöbel,* denke ich, *nichts als dummer, sadistischer Abschaum!*

Einer der Wachmänner hält mich zurück, als ich zu dem Mann will, um sein Gesicht zu betrachten.

»Nicht, Kralica. Er könnte gefährlich sein!«

Ich winde mich aus seinem Griff, versuche mich loszureißen, um dennoch einen Blick zu erhaschen.

»Woher wollt ihr wissen, dass das der Mann ist, der mich fortgebracht hat?«

»Wir haben ihn mit dem schwarzen Ross gefunden. Schwarz gekleidet und vermummt. Einer der Krieger hat ihn wiedererkannt.«

Timoteis Pferd, schießt es mir durch den Kopf. Das schöne Tier, das ich habe laufen lassen! Ist es tatsächlich zu ihm zurückgekehrt? So weit und so schnell? Und wieso ist er dann nicht sofort abgehauen? Nach Hause geritten?

»Ich muss ihn sehen!«, verlange ich von der Wache und wechsle zum Befehlston, nachdem der Mann nicht gleich reagiert. »Lass mich sofort den Mann sehen!«

Zögerlich schiebt er mich vor sich her, bringt mich ein kleines Stück näher an den Gefangenen. In sicherem Abstand hält er mich zurück, weist die anderen an, die Kapuze des Mannes zu heben um mir sein Gesicht zu zeigen. Mein Puls rast und ich kann spüren, wie mein Herz pocht, als sie nach dem Stoff greifen. Timotei. Bitte nicht Timotei!

Der schützende, schwarze Umhang fällt und lässt mich einen ersten Blick auf sein Haar werfen. Schwarz. Rabenschwarz. Er trägt sein Haar lang, wie die Leute hier. Wie die Krieger. Nicht kurz geschoren oder halblang, wie die Dörfler bei uns. Ein fremder Mann sieht mich aus panischen Augen an. Gleichzeitig überkommt mich Erleichterung und ebenso

Mitgefühl für den armen Tropf, den sie hier fälschlicherweise eingefangen haben.

»Das ist er nicht«, sage ich zu dem Wachmann.

Der reagiert nicht, sondern sieht weiter ratlos zu dem Mann hinüber, der mit gesenktem Kopf in der Mitte steht, während die pöbelnde Meute ihn beschimpft und bewirft. Das Theater hat erst ein Ende, als der Kral den Hof betritt. Tarabas!

Sicheren Schrittes geht er durch die Menge, die sofort zur Seite weicht, um ihm Platz zu machen und bleibt dann direkt vor uns stehen, sieht erst den Gefangenen an, dann mich.

»Das ist nicht der Mann, der mich entführt hat.«, wiederhole ich noch etwas nachdrucksvoller als zuvor.

»Woher willst du das wissen?«, fragt der Kral, »Du hast doch beteuert, sein Gesicht nicht gesehen zu haben!«

»Ich kann mich an die Statur erinnern, an seine Bewegungen. Ich bin eine ganze Weile mit ihm am Pferd gesessen. Glaubt mir, Herr, ich würde ihn wiedererkennen!«

»Wir haben diesen Mann mit dem schwarzen Ross aufgegriffen. Aristos hat das Tier zweifelsfrei an seinen auffälligen Flecken erkannt.«

Tarabas deutet auf den Krieger, den ich beim Brautlauf auf der Lichtung gesehen habe. Der, dem ich beinahe in die Hände gefallen wäre.

»Mag sein, dass es dasselbe Tier ist, doch der Mann, der es geritten hat, war ein anderer«, bleibe ich stur.

»Bist du ganz sicher?« Tarabas mustert mich mit argwöhnischen Augen.

Doch ich nicke. Natürlich bin ich mir sicher!

»Nun denn«, sagt der Kral jetzt wieder an seine Leute gewandt, »Es scheint dieser Mann hier hat sich eines anderen Verbrechens schuldig gemacht. Unsere Kralica spricht ihn frei von der Schuld, sie geraubt zu haben.«

Ich kann sehen, wie mir der Mann einen dankbaren Blick zuwirft, doch ich weiß, dass das Urteil noch nicht zu Ende gesprochen ist.

»Wie es scheint, haben wir es hier bloß mit einem gewöhnlichen Pferdedieb zu tun«, fährt der Kral fort. »Bringt ihn in die Stallungen, um ihm seine Strafe zu erteilen!«

Ohne einen weiteren Blick wendet er sich ab und geht zurück in die Burg. Ich will protestieren, dem armen Mann helfen, der jetzt trotz seines vergeblichen Flehens und Beteuern, dass ihm das Ross zugelaufen sei, zu den Pferdeboxen geschliffen wird. Der Wachmann hindert mich daran, ihm zu folgen und führt mich trotz meines Protestes zurück in die Halle. Vor dem Ausgang baut er sich auf und stellt sicher, dass niemand die Burg verlassen oder betreten kann. Vor allem nicht ich.

Unruhig laufe ich den Gang auf und ab, als die Schreie einsetzen. Entsetzliche Schreie, die mich erahnen lassen, was der armen Gestalt widerfährt.

Die Ereignisse des Tages wollen mir nicht aus dem Kopf gehen, als ich abends im Bett liege. Der arme Mann, seine Schreie. Savanna, die mir so ähnlich war und ihr trauriges Schicksal. Ihr mysteriöses Verschwinden, das noch immer nicht geklärt ist. Meine Gedanken kreisen wild um die Fakten und Vermutungen, halten mich wach bis spät in die Nacht. Und selbst dann, als ich endlich einschlafe, verfolgt mich Savanna bis in meine Träume.

Ich sehe sie vor mir, wie sie durch die Wiese läuft, schnurstracks in die Wälder. Sie kämpft sich durch das Dickicht, zwischen den Bäumen durch, so schnell sie kann. Ihre Füße schmerzen, sie hat blutende Striemen an den Händen. Aber sie kann nicht stehenbleiben, denn sie weiß, dass er näher kommt. Sie muss all ihre verbleibende Kraft zusammennehmen und weiterlaufen, so schnell und so weit, wie sie ihre Beine noch tragen können. Savanna trägt ein lachsfarbenes Kleid, genau wie ich, als mich der Kral in den Wald gebracht hat. Das lange Haar fällt ihr in zerzausten Locken über den Rücken. Sie dreht sich um, weil sie ein Bellen hört. Seine Hunde sind ihr dicht auf den Fersen. Sie jagen sie durch den Wald, treiben sie genau in die Richtung, wo der Hochsitz des Krals auf sie wartet. Savannas Lunge brennt und ihr Herz rast, während sie tapfer weiterkämpft. Sie ist so schnell, so mutig. Doch gegen ihren Verfolger kommt sie nicht an. Noch bevor sie aus eigener Kraft auf den Hochsitz klettern kann, hat er sie eingeholt. Eine Hand greift nach ihr, eingehüllt in schwarzes Leder. Er berührt ihren Arm, umschließt mit eisernem Griff ihr Handgelenk. Dann wirbelt er sie herum, sodass sie ihm in die Augen sehen muss.

Mit einem Schrei schieße ich aus dem Bett hoch. Dunkelheit. Stille. Ich bin in meinem Schlafgemach, alles um mich herum ist ruhig und friedlich. Kein Wald, kein Verfolger. Und keine Savanna.

Trotzdem brennt meine Lunge, so als ob ich selbst durch das Dickicht gehetzt worden wäre. Ich muss aufstehen, mich beruhigen. Etwas herumlaufen, bis sich mein Atem wieder normalisiert. Und ich brauche unbedingt etwas zu trinken. Mein Mund fühlt sich staubtrocken an.

Langsam taste ich mich zur Luke und schiebe die schweren Vorhänge zur Seite. Der noch immer volle Mond wirft einen feinen Lichtstrahl ins Zimmer. Das reicht mir, um meinen Weg nach draußen zu finden. Den Gang hinunter, dann links und über die Treppen runter bis zur Vorratskammer. Es ist kein weiter Weg, aber in der Dunkelheit dennoch schwer zu bewerkstelligen. Mit meinen Händen taste ich mich an der Wand vorwärts, schleiche auf nackten Sohlen über den Steinboden, um bloß niemanden zu wecken. Das erste Stück gelingt, ich erreiche den Kochplatz, ohne irgendwo dagegen zu stoßen. Gut gemacht Darina, lobe ich mich selbst, denn ich weiß, dass ich auch ganz anders kann, so schusselig wie ich mich manchmal anstelle.

Vorsichtig hebe ich ein paar Karaffen und schnuppere prüfend am Inhalt. Wein, identifiziere ich die Flüssigkeit vor mir, dann inspiziere ich ein anderes Gefäß, komme aber nicht darauf, was das sein könnte. In der dritten Karaffe werde ich fündig. Kaltes, klares Wasser. Hastig nehme ich einen Schluck und genieße, wie das erfrischende Nass in meine Kehle rinnt. Ich brauche mehr, führe das Gefäß wieder und wieder an den Mund, bis es leer ist und ich endlich wieder Gefühl in den trockenen Lippen habe.

Erst will ich das Gefäß abstellen, dann habe ich aber doch ein schlechtes Gewissen, weil ich so gierig alles ausgetrunken habe. Sollte ich neues Wasser holen? Ich weiß, wo der Brunnen ist, ich bin daran vorbeigekommen, als mich Tarabas nach draußen gebracht hat. Er lag im Innenhof, auf halber Strecke zu den Stallungen.

Mit der Karaffe in der Hand schleiche ich nach hinten und versuche den Ausgang wieder zu finden. Unglaublich, wie ruhig die Burg ist, kaum wieder zu erkennen, wenn man das geschäftige Treiben untertags gewohnt ist. Noch nicht einmal ein Wachmann ist weit und breit zu sehen, es scheint sie haben alle ihre Stellungen draußen vor den Toren bezogen.

Geleitet von den feinen Mondstrahlen, die durch die Luken in die Gänge fallen, finde ich nach ein paar Versuchen den Weg hinaus und erblicke freudestrahlend den Brunnen. Hastig fülle ich das Gefäß wieder auf und will mich gerade auf den Rückweg machen, als mich ein Geräusch herumfahren lässt. Was war das? Ich bleibe stehen, sehe mich um, aber kann nichts erkennen. Doch gerade, als ich es aufgeben will, höre ich es wieder, dieses Mal lauter und deutlicher. Ein dumpfes Krachen, Quietschen, heiseres Keuchen. Ich sehe mich um, es kommt eindeutig von drüben, von der Seite der Stallungen.

Altinda, schießt es mir durch den Kopf. Ich muss nachsehen, ob es ihr gut geht!

Ich husche in den Gang auf der anderen Seite, gehe wie ferngesteuert in die Richtung der Geräusche. Was kann das bloß für ein Lärm sein, mitten in der Nacht? Hoffentlich ist alles in Ordnung! Mein Herz klopft, als ich näher komme und der Krach immer lauter wird. Nur noch ein kleines Stück trennt mich von den Boxen. Schnellen Schrittes gehe ich um die Stallungen, steuere auf die Seite zu, von wo der Junge meine schöne Stute letztens gebracht hat. Nach zwei Versuchen finde ich die richtige Box. Altinda steht ruhig und friedlich in ihrer Ecke, gibt kein Geräusch von sich.

Doch der Krach hat nicht aufgehört. Ganz im Gegenteil, ich höre jetzt laut und deutlich das Zischen, dazwischen stumpfe Schreie. Mein Gott, wird hier etwa jemand misshandelt? Ich dachte, der Pferdedieb wäre längst fort!

Ich gehe um das Gebäude herum auf der Suche nach der Geräuschquelle. Es kommt aus keiner der Boxen, also muss es dahinter noch einen weiteren Raum geben. Einen, wo Zaumzeug und Sattel aufbewahrt werden. Als ich den Eingang entdecke, schleiche ich auf leisen Sohlen zur Tür, aus der jetzt ein heiseres Röcheln dringt. Meine Güte, was passiert bloß da drinnen?

Mein Puls rast, als ich sehe, dass die Tür nur angelehnt, aber nicht verschlossen ist. Durch den Spalt fällt nicht viel Licht. Vorsichtig drücke ich die Tür ein kleines Stück weiter auf und spähe ins Innere. Eine einzelne Öllampe brennt vor sich hin, doch sie gibt genug Helligkeit, dass ich die beiden Silhouetten auf der anderen Seite des Raumes erkennen kann. Als Erstes springt mir das wallende rote Haar ins Auge, das wie ein Vorhang über ihren Rücken fällt. Ihre nackten Brüste schaukeln bei jeder Bewegung, die Spitzen steil aufgerichtet, auch das Gesicht zeigt nach oben. Ihre Hände sind unnatürlich gestreckt, die Handgelenke mit schweren Ketten an die Decke gebunden. Die Herrin ist gefesselt.

Mit weit gespreizten Beinen steht sie in der Mitte des Raumes, das Kreuz durchgedrückt, den Hintern etwas angehoben. Die Arme zur Decke gefesselt. Doch der Schein trügt. Zatira ist nicht ausgeliefert oder in Gefahr, wie ich zuerst angenommen habe. Ihre Lippen sind lustvoll geöffnet, während sie stöhnend nach mehr verlangt. Und ihr Gefährte ist bereit, ihr mehr zu geben.

Der Mann steht hinter ihr, groß und stark und ebenso unbekleidet wie die Kralica. Ich kann sein Gesicht nicht sehen, doch ich weiß sofort, dass es nicht Tarabas ist, der sich hier mit ihr vergnügt. Der Mann beugt sich keuchend nach vorne, streicht über ihren Po. Dann weicht er nach hinten zurück, holt Schwung mit seiner rechten Hand, in der er etwas Längliches hält, das jetzt durch die Luft schneidet. Eine Peitsche, schießt es mir. Er zieht auf und lässt sie mit voller Wucht auf den Hintern der Frau schnalzen. Ein wohliges Schnurren kommt über ihre Lippen.

»Fester!« verlangt sie.

Keiner der beiden scheint mich zu bemerken. Ungläubig sehe ich zu, wie er erneut Schwung holt und die Peitsche zischend auf ihre Haut fahren lässt. Er schlägt zu, immer wilder, immer härter. Zielt abwechselnd auf ihren Hintern, dann auf die Schenkel und einmal sogar direkt zwischen ihre Beine. Sie keucht und windet sich, zerrt an ihren Ketten. Und bettelt dennoch jedes Mal von Neuem nach mehr, wenn er aufhört. Ich kann sehen, wie die Peitsche in ihr Fleisch schneidet. Sie verwundet. Doch sie kann nicht genug davon kriegen. Jeder Hieb scheint ihre Lust erneut zu entfachen und sie anzustacheln noch lauter und lustvoller zu stöhnen.

Irgendwann lässt der Mann dennoch seine Hand sinken und wirft die Peitsche achtlos auf den Boden. Wieder wandern seine Finger über ihr geschundenes Gesäß, streicheln fast zärtlich über die helle Haut. Dicht hinter ihr bleibt er stehen. Presst sich an sie, drückt sein Becken gegen ihren Hintern. Seine Hände greifen nach vorne, ziehen sie an sich. Erkunden ihre Brüste und ziehen ihre steifen Nippel lang. Sein Griff wirkt grob, doch sie gluckst selig auf, je härter er sie anpackt. Streckt ihm lustvoll das Becken entgegen, ganz so, als wolle sie ihm ihren Körper anbieten. Den Körper, der eigentlich ihrem Ehemann, unserem Kral, vorbehalten sein sollte!

Der Mann öffnet seine Hosen, sein steifer Schwanz springt nach vorne. Er greift nach den Hüften der Herrin, während er seine harte Spitze zwischen ihre Pobacken drückt. Eiskalte Schauer laufen über meinen Rücken, während ich Zeugin des sündigen Treibens werde.

Ich kann sehen, wie er Schwung holt und seinen Schaft mit einem einzigen, festen Stoß in ihrem Hintern versenkt. Sie schreit auf vor Schmerz, während er sie nimmt. Jammert ein paar Male, bis das Winseln von lüsternem Röcheln abgelöst wird, dann dreht sie ihren Kopf, so dass er sie auf den Hals küssen kann. In dem Moment, wo seine Zunge über ihre weiße Haut leckt, kann ich einen Blick auf sein Antlitz erhaschen. Sofort erkenne ich das schmale Gesicht und die grässliche Narbe wieder. *Die Schlange,* schießt es mir durch den Kopf. *Der Kerl, der mich vor der Hochzeit schänden wollte!*

Vor Schreck passe ich einen Augenblick lang nicht auf, und mir rutscht der Wasserkrug aus der Hand. Oh verdammt! Mit einem gewaltigen Knall landet das Gefäß am Boden und zerspringt in hundert Teile. Ich kann gerade noch zur Seite springen, in die Dunkelheit. Doch sofort höre ich Schritte. Ich bin tot! Wenn sie mich hier sehen, bin ich fällig!

Ohne mich noch einmal umzudrehen laufe ich los. Fliehe über den Hof zurück bis zum Hauptgebäude, schiebe mich durch die erste Tür, die ich finden kann. Ich weiß, dass er schnell ist. Und gefährlich. Dass es sich nur um ein paar Wimpernschläge handeln kann, bis er durch die Tür kommt und mich sieht. Mein Schicksal besiegelt. Meine Lunge brennt, während ich durch die dunklen Gänge hetze. Ich weiß, dass ich bestimmt nicht die richtige Richtung finde, die mich zurück in meinen Trakt führt. Aber das ist mir im Moment egal. Hauptsache, ich kann Abstand zwischen mich und meinen Verfolger bringen.

Mein Puls schießt mir durch die Adern und mein Herz rast wie besessen. Ich hätte niemals herkommen sollen! Ich hätte nicht sehen dürfen, was ich gesehen habe! Er wird…

Plötzlich geht eine Tür neben mir auf und jemand zerrt mich ins Zimmer. Vor lauter Schreck taumle ich nach vorne, will um Hilfe schreien, doch die Hand legt sich sofort über meinen Mund.

»Shhh! Sonst hört er dich!«, flüstert eine ruhige Stimme. Männlich, aber dennoch sehr jung vom Klang her.

Überrascht drehe ich mich um und sehe im spärlichen Mondlicht ins Gesicht eines Jungen, kaum größer als ich und gewiss kein Jahr älter.

»Was hast du getan, um den Zorn des Husaren auf dich zu ziehen?«

Der Bursche nimmt die Hand von meinem Mund und beäugt mich neugierig.

»Ich war wohl zur falschen Zeit am falschen Ort«, sage ich leise. »Ich bin Darina. Eine der Kralici.«

Er grinst. »Ich weiß, wer du bist.«

»Und wer bist du?«, frage ich jetzt. Es ist so dunkel, dass ich beim besten Willen nicht erkennen kann, mit wem ich es zu tun habe.

»Dimitras«, sagt er, während er eine Öllampe anmacht. Erst jetzt sehe ich das rötlich schimmernde Haar. Die blasse Haut. Erschrocken fahre ich zurück. Es ist der Sohn des Krals und seiner ersten Kralica, Zatira, der mir gegenübersteht. Der Junge, den ich bislang bloß einmal, bei meiner Vermählung gesehen habe.

»Du musst keine Angst haben«, sagt er. »Ich tu dir ganz bestimmt nichts!«

Nach wie vor misstrauisch, sehe ich zu, wie er zu seiner Bettbank geht und mir anbietet Platz zu nehmen. Dann siegt aber doch meine Müdigkeit, denn es

wird wohl noch ein Weilchen dauern, bis ich zurück
auf mein Zimmer huschen kann.

GEFALLENE ENGEL

Es ist bereits nach Mittag, als ich Zatira das erste Mal über den Weg laufe. Wir sind draußen im Hof, ich auf dem Weg zu meinem Pferd, sie auf dem Weg ins Haus. Sie wendet den Blick ab, als sich unsere Augen treffen, vergisst aber nicht, vorher noch missbilligend die Mundwinkel zu verziehen. Dann sieht sie zu Boden und geht an mir vorbei, als ob ich Luft wäre.

Den ganzen Vormittag habe ich mit mir gerungen, wie ich mit meiner Entdeckung von gestern Nacht umgehen soll. Sie direkt konfrontieren? Mit dem Kral sprechen? Was, wenn er mir nicht glaubt?

Zumindest deutet momentan nichts darauf hin, dass sie weiß, dass ich es war, die sie in der Nacht beobachtet hat. Das verschafft mir Zeit, um meine Gedanken zu sortieren. Ich hole Altinda aus ihrer Box, um einen Ausritt zu machen. Mein Gefühl sagt mir, dass mir genau das jetzt gut tun wird.

»Kralica, seid Ihr sicher, dass Euch niemand begleiten soll?«

Der Stalljunge sieht mich unschlüssig an. Ich nicke, während ich ihm das Zaumzeug meines Pferdes aus der Hand nehme.

110

»Keine Sorge, ich kann reiten und ich werde nicht allzu lange ausbleiben.«

Er bleibt stehen und sieht mir zu, wie ich mich auf Altindas Rücken schwinge, über ihr goldenes Fell streichle und schließlich davon reite. Erst als ich schon einige Meter geritten bin, kommt mir der Gedanke, dass der arme Junge meinetwegen Ärger bekommen könnte. Zumindest schien er das zu befürchten. Aber andererseits, der Kral - Tarabas - sagte selbst, ich sei frei. Ich könne kommen und gehen wann ich wolle. Dann steht es mir doch auch frei, mein Pferd auszureiten, wenn mir danach ist, oder?

Altindas Rücken trägt mich über die Wiesen, bis zum Wald, in dem ich vor nicht einmal einer Woche im Brautlauf von dutzenden Männern gejagt und schließlich von Timotei davon gebracht wurde. Der Wald sieht jetzt hell und freundlich aus. Das warme Licht der Nachmittagssonne fällt durch die Blätter und lässt sie in Goldgelb, Oliv und saftigem Grün schimmern. Der Sommer hat seinen Höhepunkt erreicht und lässt die Temperaturen tagsüber schon so weit in die Höhe klettern, dass man stöhnend den Schatten sucht. Jetzt allerdings genieße ich die leuchtenden Strahlen, freue mich über die Wärme, die sie in meinem Gesicht hinterlassen.

Mir fällt ein, dass zu Hause bestimmt schon das Korn reif ist und dass die Zeit der Ernte bevorsteht. Auch die Pflaumen, Mirabellen und Brombeeren können bestimmt schon überall eingesammelt werden. Ich denke an die vergnügliche Zeit, die Timotei und ich als Kinder damit verbracht haben, all die reifen Erdbeeren, Himbeeren, Brombeeren und Stachelbeeren von den Sträuchern zu lesen, wobei ein nicht unerheblicher Teil der süßen Früchte stets direkt in unseren gierigen kleinen Mäulern verschwand. Dafür machte uns die Zwiebelernte weitaus weniger Freude, wenn es galt, tagelang am Feld zu helfen und die Knollen aus der Erde zu ziehen. Trotzdem sind auch das schöne Erinnerungen, zumindest jetzt, wo mir klar wird, dass ich Timoteis Familie bei keiner Zwiebelernte mehr helfen werde und meiner eigenen nie wieder bei der Weinlese. Ich spüre, wie mein Herz schwer wird und wie mich das Heimweh überkommt. Ich vermisse sie alle ganz schrecklich. Nonna. Eine Träne löst sich aus meinem Auge. Wenn ich doch bloß noch einmal zu ihr könnte! Dass ich nicht bei ihrer Verabschiedung dabei sein konnte, nagt noch immer ganz schrecklich an mir. Kurz kommt mir der Gedanke, einfach weiter zu reiten. Durch die Wälder, das Tal, den Fluss entlang. Einen Tag, eine Nacht. Altinda könnte mich zu meiner Familie tragen. Heim tragen!

Die Vernunft siegt. Ich sehe ein, dass ich nicht einfach so nach Hause kann. Wer weiß, welche Strafe mich erwarten würde, wenn ich ohne ein Wort davon reiten würde. Niemals würde der Kral mir mein Verschwinden verzeihen. Aber was noch schlimmer ist -

Tarabas wäre bestimmt verärgert, wenn ich sein Vertrauen so enttäuschen würde.

Nein, wenn ich meine Familie sehen will, muss es einen anderen Weg geben. Wenn ich das wirklich möchte, muss ich darum bitten.

Als ich zurück zur Burg kehre, ist die Sonne bereits am Untergehen. Der Stalljunge wirkt sichtbar erleichtert, als ich ihm mein Pferd übergebe und führt Altinda zur Pflege nach hinten, während ich zurück in meinen Trakt eile.

»Da seid Ihr ja endlich!«

Endea wirbelt aus dem Waschraum und kommt mir im Gang entgegen.

»Der Kral hat nach Euch verlangt, Kralica. Ich habe schon alles vorbereitet, los kommt, lasst mich Euch waschen!«

Ich brauche einen Moment um zu verstehen, was mir Endea sagen will, folge ihr aber widerspruchslos ins Bad, aus dem mir schon der blumig-frische Duft ätherischer Öle entgegenschlägt.

»Wir haben nicht mehr viel Zeit«, drängt die Zofe und beginnt sofort mir die Gewänder abzunehmen, kaum dass die Tür zugefallen ist.

»Um Himmels willen, was ist denn da passiert?«

Endea betrachtet mit kritischem Blick eine Schramme auf meinem linken Oberarm, die ich mir beim Reiten zugezogen habe.

»Los kommt, ab in die Wanne!«

Sie schiebt mich vor sich her ins warme Nass und beginnt ohne Umschweife, meinen Körper mit dem Schwamm zu bearbeiten. Ich versinke im Wasser und atme tief ein, um den herrlichen Duft frischer Rosenblätter in meine Lunge zu saugen, die die gesamte Oberfläche des Bades bedecken. Während Endea meinen Rücken schrubbt, gleiten meine Gedanken zu Tarabas. Er hat nach mir verlangt! Er will mit mir alleine sein! Er wird wieder mit mir …

Alleine schon die Vorstellung löst ein aufregendes Ziehen in meinem Unterleib aus. Wie ständig in den letzten Tagen, lasse ich nochmals unsere erste gemeinsame Nacht auf dem Hochsitz Revue passieren. Seine Hände auf mir. Seine Lippen. Die himmlischen Stöße, als er mein Geschlecht erobert hat.

Endeas Finger holen mich zurück in die Realität. Vorsichtig spreizen sie meine Schamlippen, öffnen mein Intimstes, damit sie auch dort mit ihrem Schwamm guten Zugang hat. Sorgfältig streicht sie über meine Blüte und löst dabei ein heißes Kribbeln in meinem Körper aus. Die Erinnerung, wie ER mich dort berührt hat, schießt durch meine Adern. Seine Finger, die sich in mein enges Loch bohrten. Mich erkundeten. Mich dehnten. Ich beiße mir auf die Lippe, versuche die Augen zu öffnen und meine Gedanken aufzuhalten, ehe sie mich zu weit forttragen. Ich unterdrücke ein Stöhnen, versuche ruhig zu bleiben, während Endea emsig ihre Pflicht tut. Doch als sie das zarte Schwämmchen in meine Öffnung drückt, ist es um die Beherrschung geschehen und ein Seufzen entkommt mir. Die Zofe macht weiter, so als ob nichts gewesen wäre. Entweder hat sie es tatsächlich überhört, oder sie ist zumindest gut darin, es zu überspielen.

Als ich trocken getupft bin, reicht mir Endea ein Kleid, das auf die Ankleide drapiert war, mir aber vorhin gar nicht ins Auge gesprungen ist. Fließende Seide in dunklem Blau, verziert mit funkelnden blauen und silbernen Steinen. Die Zofe lächelt, als sie meinen Blick sieht.

»Wunderschön, nicht? Das hat der Kral höchst persönlich für Euch vorbeibringen lassen!«

Schon wieder ein Geschenk?

»Wieso lässt mir der Kral so viele Kostbarkeiten zukommen?«, frage ich.

»Ich weiß nicht, Kralica, ich nehme an, er möchte Euch eine Freude machen. Der Kral ist ein wohlhabender Mann.«

Grinsend lehnt sich Endea näher an mein Ohr, ehe sie flüstert. »Habt ihr noch nie die Legende vom Schatz der Pretari gehört?«

Ich schüttle den Kopf, während ich die Arme hochnehme, damit mir Endea in das aufregende Kleid helfen kann und sie verspricht mir, die Geschichte ein anderes Mal zu erzählen.

Die Robe ist wundervoll. Kein Unterkleid, keine Korsage. Lediglich der feine Stoff, der sich an meinen

Körper schmiegt. Die Seide streichelt mich, umspielt meine Kurven mit kühler Eleganz. Obenrum ist das Kleid eng, es legt sich so nahe an meine Brüste und meinen Bauch, dass wohl keine Hand mehr dazwischen passen würde. Der Ausschnitt ist tief, wie ein Wasserfall fällt der Stoff in weitem Bogen über mein Dekolleté, lässt ein paar Blicke auf den Ansatz meiner Brüste zu. Hinten ist es noch weiter ausgeschnitten, lässt meinen Rücken fast bis zum Po hinunter frei und wird lediglich durch eine feine Schleife in meinem Nacken gehalten. Erst ab den Hüften fällt der Stoff etwas lockerer und fließt in feinen Wellen bis hinunter zum Fußboden. Ein unendliches Meer aus marineblauem und aquafarbenem Stoff, der sich wie ein Ozean auf den steinernen Untergrund ergießt. Begeistert drehe ich mich um meine eigene Achse, immer schneller, bis der Stoff sich vom Boden hebt und in meinen ausgelassenen Freudentanz mit einstimmt. Die Zofe lacht, als sie meine kindische Euphorie beobachtet, wartet geduldig bis ich wieder langsamer werde, um mich zur anderen Ecke an den Frisiertisch zu führen und meinem Gesicht einen hübschen Hauch Farbe zu verpassen. Mit einem zarten Rosa bringt sie meine Wangen zum Leuchten, denselben Farbton tupft sie großzügig auf meine Lippen. Dann noch ein wenig Rosenöl auf die Handgelenke und hinter die Ohren und schon macht sich die Künstlerin an meinem Haar zu schaffen.

»Los beeilt Euch, Kralica«, sagt sie, als sie mit ihrem Werk zufrieden ist. »Der Herr wartet bestimmt schon auf Euch!«

Mein Herz klopft wie verrückt, als ich zu den Kammern des Krals gehe. Ich war bisher noch nicht in diesem Teil der Burg, habe seine persönlichen Gemächer nie zu Gesicht bekommen. Ich frage mich, wie er wohl wohnt. Wie sein Schlafzimmer aussieht. Ob es gemütlich ist? Mit vielen Kissen, die zum Kuscheln und Schmusen einladen? Oder kühl und spartanisch eingerichtet, so wie man es von einem großen Kral und Kriegerkönig erwarten würde? Vielleicht ist es dunkel, geheimnisvoll und ein bisschen unheimlich? So oder so bin ich gespannt, was mich erwartet und freue mich, dass er schon so rasch wieder nach mir verlangt.

»Was tust du da?«, herrscht mich eine weibliche Stimme just in dem Moment an, als ich nach der Tür greifen möchte, hinter der ich sein Schlafgemach vermute. Ich drehe mich um und blicke in die goldbraunen Augen der jungen Kralica, die mir bereits beim ersten Treffen als besonders attraktiv ins Auge gesprungen war.

»Der Kral hat nach mir verlangt«, sage ich ruhig und will mich wieder abwenden.

Wer ist sie, dass sie mich davon abhalten möchte, seinem Wunsch nachzukommen?

»Doch nicht hier!«, sagt sie, jetzt etwas freundlicher. »Der Kral empfängt uns nicht in seinem Schlafgemach. Dafür gibt es ein eigenes Zimmer!«

Sie deutet mir, ihr zu folgen und erst jetzt fällt mir auf, dass das Mädchen ein fast identisch aussehendes Kleid trägt, wie ich. Derselbe Stoff, derselbe Schnitt. Nur, dass ihr Kleid oben nicht in dunklem Marineblau gehalten ist, sondern in einem zarten Himmelblau, obwohl es nach unten in das gleiche Aquamarin übergeht.

»Das Schlafgemach ist ausschließlich der ersten Kralica vorbehalten, der richtigen Königin«, erklärt sie, ohne sich noch einmal nach mir umzudrehen und fügt dann, mehr an sich selbst denn an mich gerichtet, hinzu: »theoretisch zumindest, denn praktisch schläft er alleine.«

Ich bin noch immer enttäuscht darüber, dass das Mädchen offensichtlich dasselbe Kleid bekommen hat, wie ich selbst. Ob es auch ein goldenes Pferd hat? Auch am Aussichtspunkt war? Gibt es exakt das gleiche Programm für jede Kralica?

»Ich bin Katalina, vierte Kralica seit einem knappen Jahr.« Das Mädchen ist stehen geblieben und hält mir die Hand entgegen. »Ich denke wir sollten uns vorstellen, bevor wir zusammen sein Bett teilen.«

Wie zusammen das Bett teilen? Ich starre Katalina entsetzt an. Sie lacht, als sie meinen Blick sieht.

»Hast du gedacht, er bittet dich zu einer Privataudienz?«

Unsicher nicke ich. Natürlich habe ich das gedacht!

»Wir sind seine Gespielinnen, Darina. Nicht mehr und nicht weniger. Auch wenn die hübsche Bezeichnung der Kralici etwas anderes vermuten lassen mag.«

Sie nimmt mich an der Hand.

»Komm jetzt, er wartet bestimmt schon.«

Katalina geht mit elegantem Hüftschwung an der Wache vorbei, die ihr die schwere Tür aufhält und ich folge ihr in ein schmuckes Gemach, das an den Wänden mit schweren Stoffen behangen ist. Selbst die Luke ist verdeckt und abgedunkelt, obwohl die Sonne inzwischen sowieso schon untergegangen sein dürfte. In der Mitte des Raumes steht ein überdimensional großes Himmelbett, auf dem bequem zehn Leute nebeneinander Platz gefunden hätten. Zahlreiche Kissen und Decken mit samtenen Bezügen und Überwürfen in sattem Smaragdgrün laden ein, sich darauf niederzulassen.

In den beiden gegenüberliegenden Ecken des Raumes stehen zwei kniehohe Tische, allem Anschein nach aus riesigen Baumwurzeln geschlagen. Darauf sind zwei große Öllampen platziert, die ein warmes Licht in den Raum werfen.

»Los komm mit«, sagt Katalina, sichtlich erleichtert, dass Tarabas noch nicht da ist, und schiebt mich Richtung Bett.

Während ich mich auf die Kante setze und nicht so recht weiß, was ich jetzt machen soll, lässt sie sich hinter mir auf die Knie sinken und legt ihre Hände auf meine Schultern.

»Du musst dich ein bisschen entspannen, Darina. Der Kral mag nicht, wenn wir so steif sind!«

Ihre zarten kleinen Hände beginnen mich am Nacken zu massieren. Ihre Bewegungen sind angenehm, nicht zu fest, aber mit genau dem richtigen Druck, um die harten Stellen in meinen Muskeln weich zu klopfen. Ich muss an meine Schwester Ella denken. Ella ist ebenfalls begnadet, was die Berührungen mit ihren Händen angeht. Selten aber doch, bin ich in das Vergnügen gekommen, dass sie mir den Rücken massierte. So ein, zwei Mal, wenn sie etwas von mir wollte, zum Beispiel, dass ich sie nicht bei den Eltern verpetze, wenn sie sich heimlich davon geschlichen hat, um einen Jungen zu treffen. Unschuldig waren diese Ausgänge, denn viel mehr als ein paar Küsse hätte meine Schwester niemals an einen Jungen verschenkt. Aber dennoch waren ihre Treffen so verboten, dass sie sich eine ordentliche Portion Ärger eingefangen hätte, wenn sie sich mein Schweigen nicht erkauft hätte.

Als die Tür aufgeht, zucke ich zusammen. Plötzlich steht Tarabas vor uns. Groß. Stark. Gefährlich. Mit denselben, wunderschönen Bernsteinaugen, die ich seit unserer Nacht am Hochsitz so oft vor mir gesehen habe.

»Schön, dass sich meine beiden Vögelchen eingefunden haben!«

Er tritt näher an das Bett heran und lässt seinen Blick erst über Katalinas, dann über mein Gesicht wandern.

»Doch habe ich gehört, dass du heute äußerst unvorsichtig warst, Darina.«

»Aber Ihr habt doch gesagt, dass ich ausreiten darf, wenn ich möchte?!«

»Wenn dir danach ist, die Burg zu verlassen, dann gehst du niemals alleine! Niemals, verstanden!«

Ich senke den Kopf und nicke. Als ob ich nicht selbst auf mich aufpassen könnte!

»Du hast nicht wissen können, dass dir Alleingänge nicht gestattet sind«, sagt er, »deshalb will ich dieses Mal über deine Nachlässigkeit hinwegsehen. In Gefahr gebracht hast du dich mit deiner dummen Aktion aber dennoch, deshalb komme ich nicht drum herum, dir eine kleine Lektion zu erteilen.«

Ungläubig sehe ich ihn an. Er macht Scherze, oder? Eine Lektion dafür, dass ich mit dem Pferd ausgeritten bin, das er mir selbst geschenkt hat? Das kann er doch wohl unmöglich ernst meinen! Doch Tarabas lacht nicht und seine Augen durchdringen mich weiter, bis er sich abwendet, um Katalina zu instruieren.

»Zieh sie aus, und verpass ihr eine Tracht Prügel!«

»Nein«, protestiere ich und versuche Katalina wegzustoßen, die nach meinem Rock greift.

Dieses Treffen läuft irgendwie völlig anders als ich erwartet habe! Katalina schnappt mein Kleid und noch bevor ich sie davon abhalten kann, höre ich das hässliche Geräusch zerreißenden Stoffes. Verdammtes Miststück! Sie hat tatsächlich ein Stück meines schönen, neuen Rockes eingerissen! Katalina fasst nach meinen Schultern, versucht mich niederzudrücken. Doch ich bin stärker und stoße sie so fest zurück, dass sie nach hinten auf die Kissen fällt. Ein kurzer Blick zeigt mir, dass Tarabas uns amüsiert beobachtet, wie wir uns für ihn bekriegen.

Katalina richtet sich wieder auf, erwischt eine Haarsträhne und zerrt daran, bis ich ein Stück weit nach hinten weichen muss. Doch so leicht gebe ich mich nicht geschlagen. Ich greife ebenfalls in ihre brünetten Locken und reiße daran, bis sie mich wieder los lässt. Sie hebt die Hand und versucht mich zu schlagen. Ich bin schnell genug, mich wegzudrehen und verpasse ihr dafür selbst eine schallende Ohrfeige.

»Au verdammt!« Katalina reibt sich die Wange und funkelt mich böse an.

»Schluss jetzt!«, mischt sich Tarabas wieder ein.

Er lässt sich neben mir aufs Bett nieder und streichelt über mein Haar. Er lässt mich einen Moment lang die Zärtlichkeit seiner Berührung genießen. Die Wärme, die von seinem Körper ausgeht. Seinen männlichen Duft. Dann schraubt sich seine Hand mit eisernem Griff um meinen Nacken und er zerrt mich auf seinen Schoß, so wie er es schon einmal gemacht hat, damals bei unserer Reise zur Burg, als er mich vor all seinen Männern bestrafte. Tarabas schlägt meinen Rock nach oben, so dass mein nackter Hintern in die Höhe schaut.

»Zwanzig Hiebe mit dem Stock«, weist er Katalina an, die sofort reagiert und aufspringt, um etwas zu suchen.

Ich schreie nicht, als der Stock das erste Mal auf mich nieder fährt. Die Genugtuung will ich ihm nicht geben. Katalina ist nicht zimperlich, was meine Bestrafung angeht. Sie holt ordentlich Schwung, bevor sie das hölzerne Foltergerät erneut auf meinen Hintern zischen lässt. Ein brennender Schmerz durchfährt mich. Ich kann förmlich den Abdruck spüren, den der Hieb auf meine Haut gezeichnet hat.

»Los, zähl mit Darina!«, fordert mich der Kral auf.

Kein Wort kommt über meine Lippen. Ein dritter Schlag trifft mich und lässt zur Abwechslung die andere Pobacke auf ihre Kosten kommen.

»Zähl mit! Sonst erhöhe ich deine Strafe um weitere zehn Schläge!«

»Vier«, sage ich, als Katalina erneut den Stock auf mein gequältes Gesäß knallen lässt.

Ich bemühe mich, meine Stimme fest und selbstsicher klingen zu lassen. Ich will ihm auf keinen Fall zeigen, dass ich verletzt bin. Doch genau das bin ich. Verletzt und am Boden zerstört. Nicht wegen der Hiebe auf meinem Fleisch, mit diesen Schmerzen könnte ich gut zurecht kommen. Aber damit, wie er mich behandelt, damit kann ich nicht leben. *Eine Gespielin, nichts weiter,* geht es mir durch den Kopf.

Wie konnte ich mir bloß einbilden, etwas Besonderes für ihn zu sein?

Mit kräftiger Stimme zähle ich die Schläge, wie er es gewünscht hat. Lasse die Gemeinheiten über mich ergehen, bis er genug hat, und Katalina den Stock fallen lässt.

»Ich denke du hast deine Lektion verstanden, nicht wahr Darina?« Ohne meine Reaktion abzuwarten fährt er fort: »Jetzt vertragt euch wieder, meine Engel.«

Das nächste, das ich fühle ist Katalinas Hand, die mir zärtlich übers Haar streicht. Die gleiche Hand, die mich eben noch geschlagen hat. Eine zweite kleine Hand legt sich unter mein Kinn. Hebt meinen Kopf an und zwingt mich, sie anzusehen. Katalina lächelt mich entschuldigend an. Ich habe keine Ahnung, ob ihr tatsächlich leid tut, was eben passiert ist, oder ob sie auch jetzt bloß wieder die Rolle spielt, die unser Herr von ihr erwartet. Sie ist eine Schauspielerin. Und sie macht ihre Aufgabe verdammt gut.

Noch bevor ich mich wegdrehen kann, legen sich Katalinas weiche Lippen auf meine. Zärtlich küsst sie mich auf den Mund. Sie schmeckt fruchtig, süß. Verführerisch. Trotzdem ist mir ihre Berührung unangenehm. Ich weiß nicht, woran ich bei ihr bin, rechne damit, dass sie jeden Augenblick wieder die Hand gegen mich erheben könnte. Doch das tut sie nicht. Stattdessen streicheln ihre Finger nun vorsichtig über meine Wange und spielen mit meinem Haar, während sich ihre Zunge zwischen meine Lippen schiebt.

Katalinas Hände streicheln meinen Rücken, meine Schultern und fassen schließlich nach dem feinen Stoffband in meinem Nacken, um den Knoten meines Kleides zu lösen. Wie in Trance nehme ich wahr, dass sie mir den Stoff über den Oberkörper nach unten schiebt, meinen Busen entblößt und meinen Bauch. Währenddessen ist Tarabas hinter sie gerückt und schlingt von hinten seine Arme um sie. Er streichelt ihren Busen, streift auch ihr das Kleid über die Schultern, während er beginnt, sie zärtlich auf den Nacken zu küssen und später auf den Mund.

Ein bitterer Geschmack steigt meinen Magen hoch, als ich zusehe, wie er ihre perfekt geformten Brüste massiert, während seine Zunge weiterhin mit ihrer spielt. Er hat sie geküsst! Vor mir! Er wird mit ihr schlafen, und er will, dass ich dabei zusehe! Ich kann das nicht! Ich kann einfach nicht!

Noch bevor mich eine verräterische Träne bloßstellen kann, springe ich auf und laufe zur Tür. Es ist mir in dem Moment völlig egal, was er mit mir anstellen wird. Soll er mich bestrafen, wenn er will. Mich weiter prügeln. Aber ich ertrage es nicht, noch länger in dem Zimmer zu bleiben und mich demütigen zu lassen!

Notgedrungen halte ich den Stoff mit den Händen an meinen Oberkörper gepresst, während ich aus der

Tür husche und versuche meine nackten Brüste so gut ich kann vor dem Wachposten zu verbergen, der keine Miene verzieht, als er mich sieht. Wohin soll ich bloß laufen? Ich entscheide mich für den Gang zurück zu meinem Trakt, doch ich komme nicht weit, bevor Tarabas mich eingeholt hat. Bereits um die nächste Ecke packt mich eine grobe Hand am Handgelenk und wirbelt mich herum. Ich starre ihn an, sehe den wütenden Ausdruck in seinen Augen, den ich inzwischen gut genug kenne. Ängstlich weiche ich zurück, bis ich mit dem Rücken an der Wand stehe.

»Du hast nicht vor mir wegzulaufen!«, sagt er und hebt die Hand, um mich zu schlagen.

Ich bin nicht fähig etwas zu entgegnen. Auch nicht, mich zu schützen oder ihn zu bekämpfen. Mit seinen Schlägen kann er mich nicht verletzen. Zumindest nicht so, wie er es bereits vorhin getan hat.

Ich kann nicht verhindern, dass sich eine Träne aus meinem Auge löst. Ich sehe ihn bloß an und warte auf die Ohrfeige. Und er sieht mich an, tiefer und eindringlicher, als er es den gesamten Abend über getan hat. So wie oben, am Hochsitz, habe ich das Gefühl, dass er in mich hineinsehen kann. Dass er sieht, was in mir vorgeht und versteht.

Ohne ein weiteres Wort lässt er die Hand sinken und zieht mich in seine Arme. Seine Lippen finden meine, wir versinken in einen tiefen, leidenschaftlichen Kuss. Tarabas hebt mich hoch, drückt mich gegen die Wand, während seine Zunge wieder und wieder in meinen Mund vordringt. Wir küssen uns, bis wir beide keuchend nach Luft schnappen. Hitze breitet sich in meinem Inneren aus, ich habe das Gefühl in Flammen zu stehen. Jeder Zentimeter meiner Haut beginnt unter seiner Berührung zu brennen. Mein Hals, den er mit ebenso viel Leidenschaft küsst wie meine Lippen. Meine empfindsamen Nippel, die sich unter seinen erfahrenen Händen aufrichten.

Er presst mich so dicht an sich, dass ich seinen Herzschlag spüren kann. Seine Erregung, so mächtig und hart, wie ich sie in Erinnerung habe. Seine Männlichkeit presst sich an mein Geschlecht. Lustvoll. Verlangend. Und so sehr ich ihn eben noch gehasst habe, so sehr begehre ich ihn in diesem Augenblick. Ich spüre, wie es zwischen meinen Beinen zu kribbeln beginnt, je fester er sich an mich drückt. Ein sinnliches Ziehen, das mich lüstern die Lippen öffnen lässt, bereit für mehr. Bereit für ihn.

Ich kann fühlen, dass es ihm genauso geht, und ich frage mich, ob er mich gleich hier nehmen will. Mitten im dunklen Gang. Sichtbar für jeden, der des Weges kommt.

Tarabas hat andere Pläne. Mit einer hastigen Bewegung greift er unter meine Knie, die andere Hand legt sich stützend um meinen Nacken. Er hebt mich hoch, wie ein kleines Kind, trägt mich zurück zur Tür, aus der ich eben noch geflüchtet bin. Zurück zu Katalina.

Mein Herz wird schwer. Ich will nicht zu ihr. Ich will ihn nicht teilen! Doch ich bin zu schwach, um zu protestieren und ich weiß, dass meine Einwände ohnehin kein Gehör finden würden. Der Wachmann öffnet sofort die Tür als er uns sieht und lässt seinen Kral mit der halbnackten Frau auf den Armen eintreten.

»Lass uns allein«, sagt Tarabas, kaum, dass wir im Zimmer sind.

Ich sehe Katalina aufspringen und ihre Sachen zusammensuchen. Mit gesenktem Blick verlässt sie das Zimmer, ohne uns noch einmal anzusehen.

Tarabas trägt mich zurück zum Himmelbett und bettet mich genau in die Mitte. Mit einem schnellen Griff ist auch der Rest meines ehemals wunderschönen Kleides ausgezogen. Er steht vor mir, nach wie vor vollständig bekleidet, während ich nackt in den weichen Kissen liege. Lässt mich warten, bis er sich ebenfalls ausgezogen hat, ohne dabei auch nur kurz den Blick von mir zu nehmen. Dann endlich lehnt er sich über mich, lässt mich seinen Körper auf meinem fühlen. Er stützt sich seitlich ab, so als ob er befürchten würde, mich sonst zu zerdrücken. Dabei würde ich in diesem Moment nichts lieber tragen, als die süße Last seines Körpers.

Unsere Münder finden abermals zueinander, verschlingen sich und vereinen sich zu einem sinnlichen Tanz reinster Begierde. Ich kann seine Hände überall auf mir fühlen. An meinem Hals, auf meinen Brüsten, am Bauch und zwischen den Schenkeln. Er lässt seine Finger in mich gleiten, sorgt mit seiner Berührung dafür, dass sich mein Unterleib sehnsüchtig zusammenzieht.

Mit einer Hand fasst er meine Handgelenke über meinem Kopf zusammen, hält mich fest, während er meine Lippen und mein Dekolleté mit seinen Küssen verwöhnt. Ganz so, als habe er Angst, dass ich ihm wieder entwischen könnte.

Ich spüre sein Geschlecht, das sich hart und fordernd zwischen meine Beine drängt, während er mit einer schnellen Bewegung meine Schenkel spreizt. Sein Gesicht ist genau über mir, während er in mich eindringt, unsere Blicke halten sich fest. Wir versinken ineinander. Sein Schwanz, der sich kraftvoll in mich schiebt. Seine Augen, die sich in mir verlieren. Ein leises Stöhnen entfährt mir, als ich seine volle Länge in mir spüre. Seinen Umfang, der mich ausfüllt und dehnt. Er ist heute nicht mehr so vorsichtig mit mir, wie beim ersten Mal. Seine Bewegungen sind schneller, stärker und wilder. Er kommt so fest über mich, dass mich seine Stöße laut aufschreien lassen. Er gibt mir das Gefühl, in tausend Stücke zerspringen zu müssen und doch möchte ich um nichts auf der Welt, dass er aufhört. Ich genieße jede einzelne Bewegung, jede Erschütterung, während er mich nimmt.

Mein Körper fängt Feuer, ich habe das Gefühl lichterloh in Flammen zu stehen, während er in mir ist. Ihm scheint es ähnlich zu gehen, ich kann sehen, wie sich kleine Schweißperlen auf seiner Stirn bilden. Lustvoll öffnet er die Lippen, während auch seine Atmung immer lauter und schneller wird. Gemeinsam lassen wir uns von seinem Rhythmus zum Gipfel tragen. Immer weiter, immer fester. Er hält meinen Blick fest, als es ihm kommt. Ich kann spüren, wie er in mir zu zucken beginnt und fast im selben Moment erlebe ich ebenso, wie sich die gewaltige Hitze, die sich in mir aufgestaut hat, wie ein Vulkan entlädt. Wie gleißende Lava strömt die Erlösung durch meinen Körper, erreicht jeden Finger und jede Zehe. Ich liege einfach nur da, genieße die feinen Erschütterungen, die meinen Körper unter ihm beben lassen.

Er nimmt mich in den Arm, als er sich aus mir zurückzieht. Lässt zu, dass ich meinen Kopf auf seine Brust lege, und mit den Fingern über seine Muskeln streiche, seine Narbe nachzeichne, die von der Mitte des Bauches bis zum Schlüsselbein reicht. Ich frage ihn nicht, woher die Verletzung stammt. Ich möchte den Augenblick nicht dadurch kaputt machen, indem ich das Schweigen breche, das uns auf mysteriöse Weise verbindet. Stattdessen schließe ich die Lider und genieße seine Wärme. Lausche seinem Herzschlag, bis ich in einen tiefen Schlaf entgleite.

Irgendwann, als draußen bereits die ersten Vögel zu zwitschern beginnen, haucht mir Tarabas einen

Kuss auf die Stirn. Ich werde davon wach, bin aber noch zu benommen, um meine Augen zu öffnen. Mit leisen Schritten geht er aus dem Zimmer.

Als ich zu mir komme, ist es bereits hell draußen. Ich sehe mich um, ich bin nach wie vor im Spielzimmer des Krals. Umgeben von kuscheligen Decken und Polstern in grünem Samt. *Er ist bei mir geblieben,* denke ich, *bis zum Morgengrauen.* Halb im Schlaf, halb erwacht habe ich seinen Kuss mitbekommen.

MISSGUNST UND MISSACHTUNG

Eine fremde Zofe wartet im Waschraum auf mich, um mir bei der Morgenhygiene und beim Ankleiden behilflich zu sein.

»Wo ist Endea?«, frage ich.

»Sie ist heute morgen nicht an ihrem Platz gewesen, Kralica«, sagt das zierliche blonde Mädchen schüchtern. »Näheres weiß ich nicht.«

Eigenartig, denke ich, während ich mich von ihr waschen lasse und beschließe, nachher eine Runde durch die Burg zu gehen, um nach Endea zu suchen.

Als ich nach unten komme, sind drei Kralici in der Halle versammelt. Katalina, Helena, das blonde Mädchen und Shana, eine Dunkelhaarige, mit der ich bisher nichts zu tun hatte. Obwohl ich frisch eingekleidet bin, stehen mir die Spuren der letzten Nacht ins Gesicht geschrieben. Sofort verstummen die Gespräche, alle Augen richten sich auf mich. Die Mädchen sehen mich an, neugierig, prüfend, missgünstig.

Katalina hat ihnen berichtet, was in der letzten Nacht geschehen ist. Dass ich eine Sonderbehandlung bekommen habe. Dass ich beim Kral bleiben durfte.

Die ganze Nacht. Ich sehe den stummen Vorwurf in ihren Blicken. *Du denkst, du seist etwas Besonderes,* scheinen sie mir zu sagen. *Glaub ja nicht, dass du besser bist als wir.* Tue ich nicht, will ich auf die ungestellte Frage antworten, mich verteidigen und erklären. Ich will nicht ihre Feindin sein, will keiner von ihnen das Gefühl geben, dass ich mich für etwas Besseres halte. Doch ich weiß, dass ich auch keine von ihnen bin. Genau jetzt spüre ich das noch viel deutlicher als sonst. Ich kann nicht, wie sie, in meiner Rolle als Gespielin aufgehen. Ich kann mich nicht damit begnügen, eine von vielen zu sein. Ich kann nicht so tun, als ob es mir egal wäre, ihn zu teilen.

Nachdem mich ihre Blicke belasten, gehe ich hinaus in den Hof und suche mir einen friedlichen Platz, an dem ich allein sein und ungestört meinen Gedanken nachhängen kann. Die abgeschiedenen Steine am anderen Ende der Wiese bieten sich dafür an. Ich klettere daran hoch, was mit dem langen Rock wahrlich kein leichtes Unterfangen ist, und setzte mich ganz an das hintere Ende, in den Schatten der großen Eiche. Ich nehme ein paar kleine Zweige und Steinchen wahr, die sich im Saum des Kleides verfangen haben. Einen hässlichen braunen Fleck, der meinen Kletterausflug am hellen Stoff verewigt hat.

Dafür schützt mich der große Baum nun vor Blicken, die aus der Burg kommen, und verschafft mir die ersehnte Ruhe. Man müsste schon ganz genau hinschauen, um mich hier in der dunklen Ecke zu finden. Ich nehme an, dass es den anderen egal ist, wo ich mich hingeschlichen habe. Sie scheinen ohnehin lieber in meiner Abwesenheit zu tratschen, als mich direkt anzusprechen.

Ich muss wieder an den Mann denken, den sie nach hinten in die Stallungen gebracht haben. Seine Schreie wollen mir nicht aus dem Kopf gehen. Ob sie ihn ausgepeitscht haben? Oder gar Schlimmeres? Er muss höllische Schmerzen gelitten haben, so wie seine Stimme klang. Und das alles, bloß wegen dem Tier! Nicht auszumalen, was sie mit Timotei angestellt hätten, wenn er ihnen in die Hände gefallen wäre! Ein beklemmendes Gefühl überkommt mich. Wut. Angst. Panik, dass meinem Freund etwas geschehen könnte. Ist das Liebe? Ja, beschließe ich. Ich liebe Timotei und möchte nicht, dass ihm etwas Schlimmes widerfährt. Doch meine Empfindungen für ihn sind anders. Nicht aufregend oder prickelnd, so wie das Gefühl, dass ich bei den Berührungen von Tarabas empfinde. Wenn ich an Timotei denke, spüre ich Wärme. Geborgenheit. Das gleiche Gefühl, das ich auch habe, wenn ich an meine Familie denke. Ich vermisse ihn, vermisse mein früheres Leben. Ich kann die Sehnsucht fühlen, die an meiner Seele nagt.

Das Gefühl, wenn ich an Tarabas denke, ist ein anderes und es breitet sich auch an einer anderen Stelle aus. An einer körperlichen, sehr greifbaren Stelle. Nur allzu real ist das, was die bloße Erinnerung an unsere gemeinsame Nacht mit meinem Körper anstellt. Wie sie meinen Puls beschleunigt und dafür sorgt, dass es in meiner Mitte zu pochen beginnt. Der Gedanke an seine Berührungen, seine Küsse, seine Zärtlichkeiten verursacht ein verheißungsvolles Kribbeln in meinem Unterleib. Ein Ziehen, das gleichzeitig Schmerz und nicht enden wollende Lust verspricht. Ich denke an das Leid, an die Demütigungen, die er mir zugefügt hat. Damals, als er mir vor seinen Männern den Hintern versohlt hat und gestern, als er mich vor Katalina bloß stellte. Ich habe ihn in diesen Momenten gehasst, den Tag verflucht, an dem er gekommen ist und mich geholt hat. Doch dann denke ich an die anderen Erlebnisse mit ihm. An die schönen Erlebnisse. Unsere erste gemeinsame Nacht auf dem Hochsitz. Die Leidenschaft, mit der er mich gestern in seine Arme genommen und das andere Mädchen fortgeschickt hat. Seine Augen, die tiefer in mich hinein sehen können, als es jemals die eines anderen getan haben. Ich mag es, wenn er mich auf diese Weise ansieht. Wenn er mir mit einem Blick so viel mehr sagt, als es tausend Worte jemals tun könnten. Er gibt mir das Gefühl, etwas Besonderes für ihn zu sein. Signalisiert Verständnis. Leidenschaft. Liebe.

Aber sind das tatsächlich die Gefühle, die er für mich empfindet? Oder lässt er jedes Mädchen in seinen Augen lesen, was es lesen will?

Wie gerne hätte ich jetzt mit jemandem geredet und mein Herz ausgeschüttet. So wie früher, wenn ich abends mit Nonna vor dem Feuer saß. Ich spüre wieder den Schmerz in mir, während meine Finger über das goldene Medaillon streicheln. Die Einsamkeit und den Verlust. Nicht nur, dass mir meine Eltern, Timotei, Ella und vor allem Nonna fehlen. Auch, dass niemand hier ist, mit dem ich reden könnte, macht mich traurig. Wenn ich es mir recht überlege, ist Endea die Einzige, die ich als Freundin bezeichnen könnte. Doch auch sie ist heute nicht hier, wo ich sie so dringend brauchen würde.

Ich beschließe für mich selbst, dass das, was Tarabas und ich füreinander empfinden, niemals Liebe sein kann. Anziehung. Begierde. Passion. Trugbilder, die mich glauben machen wollen, dass zwischen uns mehr ist, mehr sein kann, als er jemals bereit wäre, zu geben. Illusionen, die mich schwach und verwundbar machen.

Wieder denke ich an Savanna. *Was hat sie für Tarabas empfunden? Was hat er für sie gefühlt? War es die Leidenschaft, die in Eifersucht umschlug und sie schließlich das Leben kostete? Ist er tatsächlich zu so etwas Schrecklichem im Stande?*

Ich kann es nicht glauben, aber was weiß ich schon über den Kral? Allem Anschein nach kann er genauso hart und grausam sein, wie er weich und liebevoll ist. Ich muss vorsichtig bleiben. Wachsam. Und ich muss mein Herz verschlossen halten.

»Hallo, was machst du hier hinten?«

Ich sehe einen rötlichen Schopf hinter dem Stein auftauchen, dann das breite Grinsen des Jungen.

»Hallo Dimitras«, sage ich und sehe zu, wie er zu mir hochklettert und sich neben mich auf den großen Stein fallen lässt.

»Nett hier«, stellt er fest. »Besser als drinnen, wo alle nur über die Naori schimpfen und mutmaßen, ob es einen Krieg zwischen ihnen und den Lakaren geben wird.«

Die Sonnenstrahlen fallen auf seine weiße Haut und lassen ihn noch blasser erscheinen, als in der anderen Nacht das Öllicht. Er hat eine große Ähnlichkeit mit seiner Mutter, das steht fest. Doch sein Blick ist nicht böse oder verbittert, so wie der der Kralica. Viel mehr sehe ich Freundlichkeit in seinen Augen.

»Wenn ich einmal Kral werde, dann wird es keinen Krieg mehr geben«, erklärt er. »Ich werde schnell reagieren und gegen alle Aufständischen vorgehen, noch bevor sie irgendjemandem schaden können.«

»Ich bin sicher, dass dein Vater die richtigen Entscheidungen trifft. Wenn es nötig wird, werden seine Truppen bereit sein, den Naori Einhalt zu gebieten.«

Eine Weile sitzen wir nur da und schweigen. Dimitras weiß wohl, dass ich Recht habe. Dass sein Vater, Tarabas, genau abschätzen kann, wann sich eine Einmischung lohnt und wann nicht. Impulsivität und jugendlicher Leichtsinn, sind keine Eigenschaften, die einen Kral auszeichnen. Wohl aber

Erfahrung, strategisches Geschick und Stärke. Werte, die ein junger Kral lernen kann, wenn er die richtigen Voraussetzungen mitbringt.

»Darf ich dir ein Geheimnis verraten?«, fragt Dimitras. »Ich mag Kriege überhaupt nicht. Mir wäre lieber, wenn alle friedlich zusammenleben könnten.«

Ich muss lächeln, als ich sein Geständnis höre. Einen solchen Satz hätte ich vom zukünftigen Kriegerkönig wohl als Letztes erwartet. Trotzdem machen ihn seine Ehrlichkeit und Sanftheit sympathisch.

»Sag das bloß nicht Vater oder Mutter!«

Mit einem Schwung ist er aufgesprungen und vom Stein gerutscht, während ich im Schatten sitzen bleibe. Ich frage mich, wie es wohl kommen mag, dass der Junge so friedlich und liebenswert ist, wo doch Zatira seine Mutter ist.

Sobald Dimitras weg ist, beginnen meine Gedanken erneut um Tarabas zu kreisen und um unsere letzte gemeinsame Begegnung. Noch immer kann ich seine Hände auf meinem Körper fühlen. Seine Küsse auf meiner Haut. Seinen riesigen Schwanz in mir.

Erneut beginnt das Pochen zwischen meinen Schenkeln und ich kann fühlen, wie sich die Empfindungen wie rauschende Wellen von meinem Geschlecht auszubreiten beginnen. Wie in Trance rücke ich weiter zurück in den schützenden Schatten.

Verstecke mich hinter dem Baum, der mich verbirgt und unsichtbar macht.

Kaum bin ich dort angekommen, gleiten meine Finger wie von selbst unter die Röcke und ertasten die Feuchtigkeit, die mich zwischen meinen Beinen empfängt.

Es ist eigenartig, mich dort unten selbst zu berühren. Und doch schließe ich automatisch die Augen und erinnere mich an ihn. Ich lasse meine Finger über die kleine, empfindsame Perle kreisen, die so unendlich viel Lust verspricht. Presse meine flache Hand auf den Venushügel, so wie er es getan hat. Ein leises Seufzen entfährt mir und ich öffne gierig die Lippen. Höre mein eigenes Blut durch die Adern rauschen und meinen Puls den Rhythmus annehmen, den Tarabas wie ein Lautenspieler meinem Körper vorzugeben scheint. Meine Hände streicheln, drücken und reiben über mein Intimstes. Schaukeln mich in eine fremde Welt, weit weg von dem Stein und dem Baum. Wo es kein Hier und Heute gibt, sondern wo sich die Nacht mit ihm in einer schier endlosen Schleife zu wiederholen scheint.

Meine Finger schieben sich neugierig in meine Spalte, erkunden den Bereich, der sich in ein tosendes Meer der Begierde verwandelt hat, überflutet von den lüsternen Empfindungen. Ich spüre mich selbst so intensiv wie noch nie, als meine Finger über mein Intimstes wandern, jede Erhebung und jede Tiefe erkunden, bis sie ihre Bestimmung finden und sich langsam in mich hineinschieben. Ich kann jeden Muskel spüren, wie er zittert und sich anspannt. Meinen Körper, der sich aufbäumt und niedergerissen wird von den alles verschlingenden Wellen der Lust.

Meine Finger dringen in mich ein, nur um sich dann wieder zurückzuziehen und die Perle zu verwöhnen, die immer mächtiger und fordernder nach mehr verlangt. Immer schneller flattern meine Hände über mein Geschlecht, lassen mich zitternd nach Atem ringen, während sein Anblick, sein Geruch und sein Geschmack so stark vor meinen verschlossenen Augen präsent sind, als ob er bei mir wäre. Ich lasse mich von ihm leiten, so als wären es seine Finger, die mich streicheln und reiben, während die Bilder unserer letzten Nacht durch meinen Kopf jagen. Immer schneller. Immer heftiger. Alles in mir spannt sich an, während sich die Wellen immer weiter hochschaukeln, bis sie mich endlich mit sich fortreißen und der Befreiung entgegentragen.

Mit leisem Stöhnen genieße ich das Gefühl, das meinen Körper erschüttert. Bleibe mit verschlossenen Augen liegen, bis das Beben langsam abebbt.

Erschrocken über mein eigenes Verhalten, rücke ich meine Gewänder zurecht und klettere vom Stein. Was ist bloß in mich gefahren? Was hat dieser Mann nur in mir ausgelöst? Ich muss noch vorsichtiger sein, wenn er eine derart große Macht über meine Gedanken hat, dass er mich solche Dinge tun lassen kann wie eine Marionette. Gar nicht auszumalen, wozu er sonst noch imstande ist!

Ich will gerade zurück in die Burg huschen, als ich in den Büschen östlich des Eingangs eine gekrümmte Gestalt sehe, die jammervolle Laute von sich gibt. Schnellen Schrittes laufe ich über den Hof zu ihr.

»Endea?«

Ich erstarre, als mir klar wird, dass das Häufchen Elend, dass sich gequält Richtung Hintertür schleppt, meine Zofe ist. Ihr sonst so penibel hochgestecktes, dunkles Haar, hängt in wirren Strähnen über ihren Rücken. Das braune Arbeitskleid, das sonst immer sorgfältig gereinigt und zurechtgerückt ist, hat Flecken und Risse. Aber das Schlimmste ist der Anblick ihres Gesichtes, als sie sich zu mir umdreht. Ihre Lippe ist aufgeplatzt und eine Spur getrockneten Blutes haftet an ihrem Kinn. Ein Auge ist blau unterlaufen und verschwollen. Wie das Antlitz, sind auch ihre Arme von Flecken und Striemen übersät.

»Mein Gott Endea, was ist dir nur zugestoßen?«

Ich strecke die Hand aus, um sie zu stützen, ehe sie vor mir auf der steinernen Stiege zusammensinkt.

»Darina«, stöhnt sie, das erste Mal, dass sie mich bei meinem Namen anspricht. »Ich kann nicht hier bleiben!«

»Los komm!« Ich versuche ihr hochzuhelfen, lege meinen Arm um sie, damit ich sie durchs Tor bringen kann.

Die Gänge sind fast leer, es scheint, die anderen haben sich im Saal versammelt. Unbemerkt versuche ich Endea in unseren Trakt zu führen, hoffe, dass wir den Waschraum erreichen, ohne dass uns jemand über den Weg läuft.

Ein Wachmann tritt zur Seite und lässt uns passieren. Ich kann seinen verwunderten Blick sehen, doch er sagt nichts und lässt uns ungehindert weitergehen. Wir haben Glück, denn auch sonst stellt sich uns niemand in den Weg.

Ich muss meine gesamte Kraft einsetzen, als wir zu den Treppen kommen. Schleppe mich und sie bis nach oben in den richtigen Gang. Ich bin außer Atem, als wir zur Tür kommen und erleichtert, dass wir es ohne Unterbrechungen geschafft haben, das Waschzimmer zu erreichen.

»Los setz dich«, sage ich und helfe Endea, auf dem Stuhl Platz zu nehmen.

Hektisch fliegen meine Augen durchs Zimmer, auf der Suche nach etwas zum Abwischen. *Ein Bad*, denke ich. *Ein Bad müsste jetzt das Richtige sein.*

Ich stürme zurück nach draußen auf den Gang, rufe nach einem Diener, den ich in einiger Entfernung entdeckt habe.

»Bring mir warmes Wasser!«, weise ich ihn an. »Ausreichend Wasser für ein Bad!«

Sichtlich irritiert, seinen Auftrag von mir zu bekommen und nicht etwa von einer Zofe, macht er sich auf den Weg nach unten, um Wasser vom Brunnen zu holen und über dem Feuer warm zu machen. Ich weiß, dass das eine Weile dauern kann, auch wenn er sich beeilt, meiner Anweisung rasch Folge zu leisten. Also gehe ich inzwischen zurück in den Waschraum und ziehe die Tür hinter uns zu.

»Das ist Euer Waschraum Kralica! Ich kann nicht hierbleiben!«

Endea sieht mich aus großen, traurigen Augen an, in denen viele Tränen getrocknet zu sein scheinen.

»Und ob du hier bleibst!«

Ohne eine Widerrede zuzulassen laufe ich zur Ablage, um ein sauberes Tuch zu nehmen, befeuchte es am Waschkrug und beginne damit, ihr Gesicht abzutupfen.

»Was ist passiert, Endea?«

Sie sagt nichts, zuckt bloß jedes Mal zusammen, wenn ich näher an die roten, schmerzenden Stellen in ihrem Gesicht komme.

»Endea, du musst mir sagen, was vorgefallen ist! Ich werde niemandem etwas verraten, wenn du das nicht möchtest!«

Ich kann hören, wie sie wieder zu schluchzen beginnt, verzweifelt nach Luft röchelt, unfähig meinem Blick stand zu halten. Ganz offensichtlich schämt sie sich für das, was ihr zugestoßen ist. Auch wenn ich sicher bin, dass sie selbst keinerlei Schuld daran trägt.

»Es war der Husar«, sagt sie nach einer gefühlten Ewigkeit. »Er hat mir weh getan Kralica. Er ist der

Teufel! Ich habe das Zeichen gesehen. Den Teufels-
fleck über seinem Gesäß!«

»Der Husar hat dir weh getan? Aber wieso nur?«

»Er hat mich geschlagen! Er hat mich in die Wälder
gezerrt und ist über mich hergefallen! Er hat mir die
Unschuld genommen, Kralica!«

Erneut wird sie von heftigem Schluchzen geschüt-
telt, während ihre Augen traurig zu Boden sehen.

»Ich bin beschmutzt. Ich bin es nicht mehr wert,
Eure Zofe zu sein!«

»So ein Unsinn!«, sage ich und knie mich vor sie
auf den Boden, um die getrockneten Blutstropfen an
ihrem Kinn zu entfernen.

»Um Himmels willen Kralica, ich kann nicht zulassen, dass Ihr vor mir auf den Boden sinkt!«

»Shht!«, ermahne ich sie zur Ruhe, während ich sie
fertig abtupfe.

»Wieso hat er dir das angetan? Wieso hat er dich so
zugerichtet?«

»Ich weiß es nicht Kralica! Ich weiß nicht, was ich
getan habe.« Wieder sieht sie auf den Steinboden, so
als ob sie dort eine Antwort finden könnte. »Er hat
gesagt, ich hätte ihn gesehen. Bei irgendetwas beobachtet. Doch das habe ich nicht, Kralica. Ich weiß gar
nicht, was ich hätte beobachten sollen!«

Ein schrecklicher Gedanke schießt durch meinen
Kopf und mir wird so schwarz vor Augen, dass ich
nach vorne greifen muss, um mich abzustützen. Er
hat gedacht, dass es Endea war, die ihn und Zatira in

der anderen Nacht bei der Unzucht gesehen hat! Er denkt Endea weiß über ihn und die Kralica Bescheid!

Endeas Schluchzen wird leiser, trauriger.

»Er hat mich am Waldboden liegen gelassen, als er mit mir fertig war! Ohnmächtig und blutend! Ich denke, er wollte, dass ich dort den Tod finde.«

Um mich herum dreht sich alles. Was habe ich ihr bloß angetan? Ich bin schuld an allem, was der armen Endea widerfahren ist! Ohne nachzudenken richte ich mich auf, um sie in die Arme zu nehmen. Ich drücke ihren schluchzenden Körper an mich, lasse zu, dass ihre Tränen auf mein Kleid fließen und ihr Blut sich in den Stoff drückt. Es spielt alles keine Rolle mehr. Niemals werde ich wieder gut machen können, was ihr geschehen ist.

»Als ob es eine Bedeutung hätte, was ich gesehen habe oder erzählen könnte! Als ob das Wort einer Zofe irgendeine Bedeutung hätte!«

Ich halte sie fest, während leise Tränen über ihre Wangen fließen. Die Hilflosigkeit lähmt mich. Wie kann ich ihr bloß beistehen?

Ich lasse sie erst wieder los, als es an der Tür klopft und der Laufbursche ein paar große Eimer mit Wasser abstellt. Ohne Fragen zu stellen tritt er ein und füllt vor mir die Wanne. Erst als der Holzzuber halb voll ist mit der in Kupferkesseln erhitzten Flüssigkeit, lässt er uns wieder alleine und zieht diskret die Tür hinter sich zu.

»Bitte versprecht mir, mich nicht zu verraten Kralica, ich schäme mich so!«, bringt Endea hervor.

»Du bist die Letzte, die einen Grund hat, sich zu schämen«, sage ich leise, während ich ihr helfe,

sich auszukleiden und in die Wanne zu steigen, so wie sie es mit mir schon so viele Male getan hat. Ich weiß, wie unangenehm ihr das ist und wie sträflich falsch sie unseren vorübergehenden Rollentausch empfindet, doch meine Entschlossenheit lässt keinerlei Einsprüche zu. Außerdem lässt sie ihre Schwäche und Mitgenommenheit bald den Widerstand aufgeben.

Ich sehe zu, wie die Zofe im warmen Badewasser versinkt. Schmerzvoll verzieht sie das Gesicht, als ihre geschundenen Glieder das erhitzte Nass berühren. Viele Bäder hat Endea in ihrem Leben bestimmt nicht genossen, eines im Waschraum auf gar keinen Fall. Ich kann ihr Unbehagen spüren, das gleich noch stärker wird, als ich nach dem Schwamm greife, um ihren Rücken zu schrubben. Doch es ist mir egal, was die Konventionen zulassen und was nicht. Egal, dass ich jetzt die Rolle einer Dienerin einnehme. Endea ist in diesem Augenblick keine Zofe für mich und ich keine Kralica. Sie ist meine Freundin und sie braucht meine Hilfe.

Es dauert lange, bis ich an diesem Abend einschlafen kann. Die Ereignisse verfolgen mich, überschlagen sich vor meinem geistigen Auge. Die

Schuld plagt mich für das, was Endea widerfahren ist. Ohne mich würde es ihr gut gehen. Ohne mich müsste sie jetzt nicht mit den Schmerzen und mit der Schande leben. Ich habe Angst um sie, so wie ich um Timotei Angst gehabt habe. Was, wenn die Schlange sie noch einmal angreift? Fieberhaft überlege ich, wie ich sie schützen kann. Doch mein geplagter Geist findet keine Lösung. Die Gedanken kreisen, bis ich irgendwann in einen unruhigen Schlaf falle.

DER PREIS
DES SCHWEIGENS

»Der Herr möchte Euch sehen!«, sagt die junge, blonde Zofe, die mich schon am Tag von Endeas Verschwinden gewaschen und frisiert hat.

Auch jetzt vertritt sie ihre Kameradin, denn ich habe Endea nach langem Überlegen fortgeschickt. So schwer es mir auch gefallen ist, meine einzige Vertraute, meine Freundin, gehen zu lassen, so sicher weiß ich nun, dass es die richtige Entscheidung war, sie in ihr Dorf zurückzuschicken, damit sie dort im Kreise ihrer Familie die Genesung findet, die ich ihr so sehr vergönne.

Ich stehe von meinem Tisch auf, um der Zofe zu folgen. Am Weg zu seinem Beratungszimmer, kommen mir dutzende Ideen in den Sinn, warum der Kral mich sehen möchte. Behaglich finde ich keine davon. *Es müssen die Geschehnisse der letzten Tage sein,* denke ich. *Der Verbleib meiner Zofe. Mein unangemessenes Verhalten bei ihrer Rückkehr, das ihm sicherlich nicht verborgen blieb.* Doch es kümmert mich nicht. Ich habe getan, was getan werden musste und wenn ich dafür bestraft werde, dann soll es so sein.

Trotz dieser Gewissheit, beginnt mein Herz schneller zu schlagen, als die Zofe an die Tür klopft, um mich anzukündigen. Als sich die Tür öffnet, dreht sich die blonde Dienerin mit einem Knicks um und verschwindet schnellen Schrittes. Mich lässt sie alleine zurück, um zu empfangen, was auch immer der Kral mir mitgeben möchte.

»Darina, schön dass du mich mit deiner Anwesenheit beehrst.«

Mit einer Handbewegung deutet er mir, näher zu kommen, ohne dabei von dem Papier aufzusehen, das am Tisch vor ihm liegt. Die schweren, burgunderfarbenen Vorhänge sind zugezogen, sodass kein Tageslicht von draußen in den Raum vordringen kann. Dafür wirft eine Ölleuchte spärliche Helligkeit in den Raum.

Ich kann seine Stimmung nicht einschätzen. Seine Worte klingen sachlich, frei von jeder Emotion und ich bin auf alles gefasst. Er könnte den Blick heben und mich anlächeln, eine Vorstellung, die kleine Schmetterlinge durch meinen Bauch schwirren lässt. Die Stimmung könnte aber ebenso gut ins andere Extrem kippen. Er könnte wütend werden, mich anschreien, oder seine Hand heben um mich zu schlagen. Auch das kann ich mir gut vorstellen, wenngleich dieses Mal mit einem mulmigeren Gefühl im Magen.

Ohne eine Regung zu zeigen, hebt er erneut seine Hand, um mich noch näher heranzuwinken. Mit gesenktem Kopf mache ich einen weiteren Schritt auf ihn zu, bis mich nicht einmal mehr eine Armlänge von ihm trennt. Ich bin nahe genug, dass er sich vorlehnen könnte, um mich zu küssen ... oder um mich zu schlagen, je nachdem. Außerdem kann ich seinen männlichen Geruch wahrnehmen, den Duft nach weichem Leder, Wald und frischen Kräutern. Pure Maskulinität, die er mit jeder Pore seines Körpers ausstrahlt.

Er lässt mich warten, während er mit einer Feder etwas auf das Pergament vor ihm zeichnet. *Er kann nicht nur lesen,* denke ich, *sondern er schreibt auch ziemlich schön.*

Natürlich ist mir klar, dass ein Kral mehr Aufgaben erledigen muss, als in den Kampf zu ziehen und seine Gegner niederzuschlagen. Doch aus irgendeinem Grund hatte ich von Kindheit an stets das Bild eines barbarischen, wilden Kriegers vor mir, von jemandem, der alles mit den Fäusten, oder besser gesagt, mit dem Schwert erledigt und nicht mit seinem Kopf. Für mich waren die Pretarier immer ein brutales Volk ohne Kultur, ohne Tradition und ohne Kunst. Dieses Bild hat sich lange in mir gehalten und selbst jetzt muss ich feststellen, dass meine Erfahrungen hier in der Burg, im Kreise dieser »Wilden« erst nach und nach schaffen, diese Vorurteile aufzubrechen.

»Ich habe gehört, dass in den letzten Tagen einiges vorgefallen ist«, sagt er und reißt endlich seinen Blick von dem Papier los, um mich anzusehen. Ein Schauer läuft mir über den Rücken und ich kann fühlen, wie sich augenblicklich die Härchen auf meinen Armen aufrichten.

Tarabas' Iris erscheint in dem schwachen Licht seiner Öllampe dunkel, fast schwarz. Nur ganz kurz sehen wir uns direkt an, dann wandern seine Augen nach unten, um den Rest meiner Erscheinung zu erfassen. Ich zittere unter seinem Blick, hoffe, dass ihm das dunkelblaue Kleid mit der goldenen Brokatborte, das ich trage, gefällt. Ebenso schnell, wie mir der unsinnige Gedanke gekommen ist, verwerfe ich ihn wieder. Was spielt mein Kleid für eine Rolle, bei dem unangemessenen Verhalten, das ich die letzten Tage gezeigt habe?

Trotzdem spüre ich das Prickeln, das durch meinen Körper wandert, während er mich mit seinen Blicken streichelt. Meine Hüften. Den Bauch. Meine Brüste. Die Knospen, die sich jetzt hart und fest gegen den Stoff pressen. Ich sehe ein kleines Lächeln über sein Gesicht huschen, doch dann wird er wieder ernst.

»Mir sind einige Beschwerden über dein Verhalten zu Ohren gekommen«, sagt er, und ich bleibe stumm vor ihm stehen und starre auf den Fußboden. »Du hast dich einer Kralica nicht würdig benommen«, fährt er fort. »Du hast sämtliche Regeln missachtet.«

Ich nicke, denn ich sehe meine Verstöße ein. Auch wenn ich jederzeit dazu bereit wäre, sie zu wiederholen.

»Du hast deine Zofe - eine Dienerin - in dein Bad steigen lassen. Womöglich selbst Hand angelegt, um sie zu waschen!«

Ich kann die Spannung spüren, als er mir befiehlt ihn anzusehen. Es fällt mir schwer, den Kopf zu heben, ich fürchte mich vor dem, was ich in seinem Gesicht lesen kann.

»Jetzt hast du sie auch noch fortgeschickt, einfach so. Du hast eine meiner Bediensteten entlassen, ohne mich zu fragen.«

Wieder nicke ich schuldbewusst.

»Nun denn, was hast du zu deiner Verteidigung zu sagen?«

Unsicher trete ich von einem Fuß auf den anderen. Wie viel kann ich ihm erzählen? Die Wahrheit? Dann würde mein Wort gegen ihres stehen. Das Wort eines Mädchens, das er kaum ein paar Wochen kennt, gegen das Wort seiner ersten Frau, die ihm einen Erben, den künftigen Kral, geschenkt hat. Nein, bei diesem Spiel kann ich nur verlieren.

»Ihr ist Schlimmes widerfahren«, sage ich schließlich. »Und ich fühle mich dafür verantwortlich. Noch immer ist Endea in Gefahr, und ich musste sie fortschicken, um ihr Leben zu schützen.«

Ein Klopfen an der Tür lässt ihn aufsehen, doch er beschließt es vorerst zu ignorieren.

»Ich erwarte dich heute Abend zum Nachtmahl. Dann erzählst du mir genau, was vorgefallen ist.«

Ich will widersprechen, doch er hebt die Hand um mich zum Schweigen zu bringen.

»Geh jetzt«, sagt er, »und sei dir bewusst, dass du nun ohne Dienerin auskommen musst!«

Erneut deutet er mit der Hand zum Ausgang, sichtlich genervt davon, dass er mir jeden Befehl mehrmals erteilen muss. Weil ich nicht riskieren möchte, ihn noch weiter zu verärgern, gehe ich ohne ein weiteres Wort. Dann muss das, was ich zu sagen habe, eben bis später warten. Eiseskälte durchfährt mich, als ich die schwere Tür öffne und Platz für Zatira mache, die sich eilig in den Raum schiebt, ohne mich zu beachten.

Den ganzen Nachmittag laufe ich unruhig durch die Burg, ringe mit meinem Gewissen, was ich dem Kral erzählen kann und was nicht. Ich hasse es, dieses Geheimnis zu haben und ich hasse es noch viel mehr, dass ich die Verantwortung für Endeas Schicksal trage.

Immer wieder kreisen meine Gedanken um das, was ich gesehen habe und das, was geschehen ist. Doch jedes Mal komme ich von Neuem zu dem Schluss, dass mir niemand glauben würde. Der Husar und seine Hexe würden beide dasselbe behaupten. Sie würden sich decken und sich gegenseitig schützen. Wahrscheinlich würden sie sich Lügen ausdenken über mich, oder sie würden mir etwas anderes antun. Vielleicht würde mich die Schlange ebenso zum Schweigen bringen, wie sie es bei Endea getan hat. Auf jeden Fall würde meine Aussage nicht reichen, die beiden von der Burg zu verbannen - nicht ohne den geringsten Beweis. Und solange sie hier wären, wäre ich in Gefahr.

Auch Endea als Zeugin zu rufen, kommt mir kurz in den Sinn, doch ich verwerfe die Idee sofort wieder, weil ich meine arme Zofe nicht noch mehr in Gefahr bringen möchte, als ich es bereits getan habe. Das kann ich unmöglich von ihr verlangen.

Aber andererseits, was bleibt mir noch, außer der Wahrheit? Soll ich schweigen und mich bestrafen lassen, obwohl die Schuld doch wo anders zu suchen ist?

Wieder und wieder wiege ich die Optionen ab, versuche mich dazwischen etwas abzulenken, indem ich in den Hof gehe und den Mädchen einer anderen Kralica beim Spielen zusehe. Die Kinder wirken unbeschwert, genau wie Shana, ihre Mutter, und wie die anderen beiden jüngeren Kralici. Wieso fällt es diesen Frauen nur so leicht, hier zu leben, in ihre Rollen zu finden, und mit der ersten Kralica, Zatira, auszukommen?

Statt Antworten zu finden, treten immer mehr Fragen auf. Dennoch habe ich einen Entschluss gefasst, als ich mich von den Glockenschlägen getrieben aufmache, um pünktlich zum Abendmahl zu erscheinen.

Als ich eintrete, empfängt mich eine festlich gedeckte Tafel. Es sind bloß zwei Gedecke am Tisch, doch das verwundert mich nicht weiter, da ich schon damit gerechnet habe, dass der Kral mit mir allein sein möchte. Was mich allerdings schon verwundert, sind die unzähligen Teller mit den köstlichsten Speisen, die sich auf dem Tisch türmen und die wohl dazu geeignet wären, das ganze Konsortium aus Beratern und Kralici zu sättigen. Für uns beide scheint mir das Ausmaß des kulinarischen Programms jedoch reichlich übertrieben. Einen Wildbraten kann ich sehen, angerichtet auf glühenden Steinen, Wachteln mit feinen Kräutern verziert, getrockneter Stockfisch mit Öl und Rosinen, Schaffleisch mit Röstzwiebeln, Eierkuchen mit Honig und Weinbeeren, buntes Gemüse, Fladen und Brotscheiben mit Schmalz, sowie Gallert mit Mandeln, dazu Käse und Trauben. Daneben stehen eine Karaffe mit Wein, ein Kännchen Öl und eine Schale mit Wasser. Während ich vor dem Tisch stehe und ungläubig die Inhalte der einzelnen Teller beäuge, wird mir klar, dass ich das erste und einzige Mal bei unserer Trauung gemeinsam mit dem Kral gespeist habe. Alle anderen Tage verbrachte ich mit den Kralici in den Frauengemächern, wo wir zwar auch leckere Speisen, wenngleich nicht annähernd so üppig und reichhaltig wie heute, zu uns nahmen. Die Einzige, die nicht bei uns, sondern stets bei den Männern speiste, war Zatira.

Noch bevor der Kral sich bemerkbar macht, kann ich seine Anwesenheit spüren. Er hat keinen Laut von sich gegeben, als er eingetreten ist, doch der ganze Raum füllt sich mit einer eigenartigen, elektrischen Spannung.

»Gefällt dir, was du siehst? Ich habe angeordnet, alles gleich zu servieren, damit wir nicht gestört werden.«

Ich zucke zusammen, als ich seinen Atem auf meinem Hals fühle, möchte mich sofort umdrehen, um meinem Herrn bei der Antwort ins Gesicht zu blicken. Doch sogleich schließt sich seine Hand um meinen Hals und drückt mich nach vorne, sodass ich mich nicht mehr selbständig umdrehen kann.

»Die Speisen sehen köstlich aus«, stoße ich hervor, überrascht von der forschen Berührung.

»Gut, denn du wirst gleich Gelegenheit haben, dich ordentlich satt zu essen. Zuvor allerdings,«

er macht eine kunstvolle Pause und flüstert seine Worte so nahe an meinem Ohr, dass ich seine Lippen spüren kann, »wirst du mir genau erzählen, was vorgefallen ist. Alles. Ohne Ausnahmen.«

»Ich kann nicht«, flüstere ich so leise, dass ich nicht sicher bin, ob er mich überhaupt gehört hat.

Sein Griff um meinen Hals wird allerdings unvermittelt fester.

»Was heißt, du kannst nicht?«, fragt er scharf. Wenn vorhin noch so etwas wie Sanftheit und Geduld in seiner Stimme zu hören waren, sind diese nun endgültig verschwunden.

»Ich habe Endea versprochen, nichts zu sagen. Sie schämt sich, obgleich sie keinerlei Schuld trägt. Trotzdem will ich ihren Wunsch respektieren«, sage ich entschlossen, obwohl es mich jetzt Kraft kostet, die Worte trotz des Würgegriffes hervorzustoßen.

»Dein Treueschwur an eine Dienerin ist dir wichtiger als deine Ergebenheit an deinen Kral?«

Seine Stimme klingt jetzt nicht nur wütend, sondern ungläubig. Er spricht ruhig, doch ich weiß, dass das lediglich die Ruhe vor dem Sturm sein kann. Augenblicklich spannt sich mein Körper an. Gefasst auf den Schmerz, der mir möglicherweise gleich widerfahren wird.

»Du bist jung Darina und du bist töricht. Du kennst deinen Platz und deine Pflichten nicht und du setzt deine Prioritäten falsch. Ich kann dein Verhalten nicht tolerieren. Du weißt, dass ich dich bestrafen muss, oder?«

Stumm nicke ich. Ich hatte schon damit gerechnet, dass ich eine ordentliche Strafe ausfassen würde und mich darauf eingestellt.

Seine Hand lockert sich, lässt meinen Hals los, sodass ich endlich wieder richtig Luft bekomme. Langsam streichelt er mit den Fingern durch mein Haar, dann über meinen Nacken. Seine Berührung ist zärtlich, wiegt mich in Sicherheit und lässt zu, dass sich Wärme in meinem Herzen ausbreitet, die bereit ist, die eisigen Schauer zu verjagen, die mir eben noch über den Rücken gelaufen sind.

»Bist du wirklich bereit, dich richten zu lassen, nur um eine einfache Zofe zu schützen?«

Wieder nicke ich ergeben.

Dann geht alles so schnell, dass ich bloß noch durch einen Nebel wahrnehme, was er mit mir macht. Er wirft mich auf den Tisch, so fest und so schnell, dass ich die Teller klappern höre und zwei Gläser umkippen. Ich höre die Stoffe rascheln, während er meine Röcke hochschlägt und die untersten Stoffschichten zerreißt. Er greift nach etwas, zieht es hoch, holt Schwung und lässt es mit einem lauten Knall gegen meinen Hintern klatschen. Ich habe keine Ahnung, was das war, das mich eben getroffen hat. Ein Schöpfer vielleicht, mutmaße ich, oder eine Schaumkelle, weil ich das Gefühl hatte, Metall zu spüren. Der erste Aufschlag ist nicht besonders fest, außerdem wirkt das Gerät breit und wenig scharfkantig. Doch der Zorn, mit dem Tarabas das Werkzeug führt ist groß und so wird jeder Schlag ein wenig fester und schmerzhafter als der vorige. Ich beiße die Zähne zusammen, bemühe mich durchzuhalten, weil ich die Tortur nicht noch durch unnützen Widerstand verschlimmern möchte. Stattdessen denke ich an Endea und daran, dass meine Schelte eine lächerliche

Liebkosung ist, im Vergleich zu dem, was sie durchmachen musste.

Ich höre den Herrn keuchen, während er mein Hinterteil malträtiert, es scheint fast als würde ihn meine Bestrafung ebenfalls Kraft kosten. Irgendwann lässt er dann ab und legt das Werkzeug zur Seite. Erleichtert atme ich auf, als ich seine Hand auf meinem Po spüre. Er verreibt etwas auf mir, eine Flüssigkeit. Wasser vielleicht, oder Öl. *Vielleicht will er mein Fleisch beruhigen,* vermute ich, doch bin ich etwas überrascht, dass die Bestrafung dieses Mal so kurz und glimpflich für mich ausgefallen ist. Seine Finger streicheln über meine Hinterbacken, fahren die Stellen entlang, die er eben noch mit dem Küchengerät geschunden hat. Dann schieben sich seine Finger zwischen meine Hinterbacken, pressen meinen Po auseinander, um auch dort die inzwischen warm gelaufene Flüssigkeit zu verteilen. Er erwischt jede Stelle, streichelt nach vorne bis zu meiner Spalte, wo sein Daumen ein begehrliches Pochen auslöst. Dann wieder nach hinten, um meine Rosette zu umrunden. Ein jammervoller Laut entfährt mir, als er plötzlich einen Finger in mein Poloch schiebt. Verdammt, was hat er bloß mit mir vor? Ich weiche nach vorne aus, doch er zerrt mich mit seiner anderen Hand wieder zurück in die Position. Sofort kann ich einen zweiten Finger an der sensiblen Stelle spüren. *Bitte hör auf,* möchte ich sagen. Doch ich weiß, dass es mir weder zusteht, meinem Kral etwas zu verbieten, noch dass es meine Situation in irgendeiner Weise verbessern würde.

Also bleibe ich regungslos über den Tisch gebeugt liegen und verfalle in eine Art Angststarre, während ich höre wie er sich hinter mir an seinen Kleidern zu schaffen macht. Instinktiv weiß ich, dass er mich nicht lieben wird, so wie er es bisher getan hat. Dabei würde ich genau in diesem Moment nichts auf der Welt mehr brauchen, als seine Liebe. Doch das was er mit mir macht, ist nicht als Belohnung gedacht, sondern als Strafe.

Ich schließe die Augen, als ich seine Erregung zwischen meinen Pobacken spüre. Beschließe tapfer zu sein und zu ertragen, was auch immer er vor hat. Konzentriere mich auf das, was ich schützen will und ignoriere den Preis, den ich dafür zu bezahlen habe.

Ein höllisches Brennen breitet sich von meinem Hintern aus, als er das erste Stück in mich eindringt, doch meine Lippen bleiben versiegelt. Kein einziger Schrei entfährt mir, auch wenn ich das Gefühl habe, aufgespießt zu werden. Er hält mich mit eisernem Griff fest, während er sich weiter in mich hinein drückt. Sein Schwanz ist so riesig, er füllt mich aus und dehnt mich so weit, dass ich sicher bin, keinen Millimeter mehr verkraften zu können. Der Kral ist anderer Meinung. Unnachgiebig schiebt er sich weiter vorwärts, während ich mich reflexartig winde und versuche auszubrechen. An den Haaren und an der

Hüfte hält er mich im Zaum, während er in mich stößt und sich erst noch vorsichtig, dann doch etwas schneller in mir zu bewegen beginnt. Just in dem Augenblick, wo ich das Gefühl habe, keinen Wimpernschlag länger durchzuhalten, finden seine Finger wieder meine Perle und beginnen mich auf eine so magische Art und Weise zu berühren, dass sich alles in mir entspannt und sich allmählich die Lust beginnt mit dem Schmerz zu vermischen.

Seine Finger rubbeln fester, massieren und reiben mich, während ich mehr und mehr loslasse, bis mein Widerstand irgendwann bricht und ich mich seinen Stößen bedingungslos hingebe. Ich höre ihn an meinem Ohr stöhnen, während er seinen Rhythmus beschleunigt und seine Zurückhaltung langsam ablegt. Immer schneller und härter nimmt er mich, während seine Finger sich vorne in meine Spalte schieben, um auch dort dasselbe Feuerwerk der Gefühle loszutreten.

Der Reiz ist zu viel für mich, ich verliere mich in dem gewaltigen Druck, der sich von allen Seiten in meinem Körper aufbaut und auf eine gewaltige Entladung wartet. Seine feste Umarmung raubt mir die Sinne, lässt mich verzweifelt nach Luft keuchen, während sich alles in mir zusammenzieht. Noch ein Stoß. Noch ein Finger mehr, der sich in mich schiebt. Ich kann nicht mehr. Ich presse die Augen zusammen, sehe in der Dunkelheit eine gewaltige Explosion, einen Sternenregen auf uns hinab prasseln, während mein Körper von heftigen Kontraktionen erschüttert wird.

Seine Finger ziehen sich zurück, er nimmt die Hand um mich wieder fester auf den Tisch zu pressen. Stößt weiter in mich, während sein Stöhnen immer lauter wird und sein Schwanz immer dicker. Ohne Zurückhaltung nimmt er mich hart und fest, baut seine Spannungen ab und seinen Ärger. Ich höre sein Seufzen, als es ihm kommt und er tief in mir drinnen endlich die ersehnte Erlösung findet.

Ich wage nicht mich zu bewegen, bis er nach meiner Schulter fasst und mich zu sich herumdreht. Seine Augen sind traurig und leer, er sieht so gequält aus, wie ich es eigentlich sein müsste. Sein Gesicht nähert sich, seine Lippen küssen die Tränen weg, die noch immer über meine Wangen rollen.

Mit einer hastigen Bewegung schlägt er mein Kleid zurück an seinen Platz, dann hebt er mich hoch so wie er es schon früher gemacht hat und trägt mich aus dem Saal, ohne den Köstlichkeiten auf dem Tisch irgendeine Beachtung zu schenken.

Auf sein Zeichen eilt ein Diener voran, um das Bad für ihn vorzubereiten. Er trägt mich die Stiegen hoch, zu seinen privaten Gemächern, öffnet die Tür zu dem Waschraum, den niemand außer ihm selbst benutzen darf.

Ich schmiege mich an ihn, umklammere seinen Nacken. Ich fühle mich so klein, so verletzlich. Habe das

Gefühl, bloß in seinen Armen den Schutz zu finden, den ich jetzt so bitter benötige.

Sein Waschraum ist viel schöner und größer als der im Frauentrakt. Die Wanne, die ihren Platz in der Mitte einnimmt, ist mindestens doppelt so groß wie unsere und außerdem in der außergewöhnlichen Form eines Oktagons gehalten. Auf ihrem Boden liegen heiße Steine, die das Wasser erwärmen, darüber ein hölzernes Gitter, um Berührungen mit den glühenden Steinen zu vermeiden.

Tarabas öffnet meine Gewänder im Rücken, schält mich vorsichtig aus den Stoffen, als wäre ich aus zerbrechlichem Glas. Behutsam hebt er mich erneut hoch und setzt mich wie eine Puppe auf den hölzernen Gitterboden des Bades.

Das warme Wasser umgibt mich, streichelt meinen geschundenen Körper und spült mit jeder Welle, die über mich schaukelt ein wenig von der Wut und Traurigkeit weg, die zuvor Besitz von mir genommen haben. Ich schließe die Augen, genieße die Wärme und Friedlichkeit, die mich umgeben. Fühle mich wie in einem schützenden Kokon, den kein Übel der Welt mehr durchbrechen kann. Ich weiß nicht, warum er mich hier her in sein privates Reich gebracht hat, auch nicht, wieso er mir Einlass in sein Bad gewährt. Vielleicht hat er Schuldgefühle, wegen vorhin. Vielleicht möchte er jetzt einfach nicht alleine sein.

Ich spüre, wie das Wasser sich erneut zu bewegen beginnt, als er zu mir in die Wanne steigt. Er setzt sich hinter mich, hebt mich hoch und zieht mich auf seinen Schoß. Ohne ein Wort legt er seine Arme um mich und zieht mich an sich. Schaukelt mich in seiner Umarmung, die Hände fest unter meinem Brustkorb verschränkt.

Er greift nach einem Schwämmchen und beginnt damit, meine Arme zu schrubben. Reinigt meinen Körper in derselben Art und Weise, wie es sonst die Dienerinnen bei ihm machen. Oder wie ich es bei Endea gemacht habe. Es scheint ihn nicht im Geringsten zu stören, dass er es ist, der nun den Schwamm führt.

»Es tut mir leid, wenn ich dir weh getan habe«, sagt er schließlich.

»Ihr habt mir nicht weh getan«, sage ich. »Die Lust, die Ihr mir bereitet habt, war größer als jeder Schmerz.«

Ich kann ihn hinter mir atmen spüren, fühle seine Lippen auf meinem Haar.

»Du bist anders als alle, die ich bisher gekannt habe«, sagt er. »Du machst Dummheiten und du widersetzt dich den Regeln. Gestehst Leuten Privilegien zu oder schickst sie weg, ohne das Recht dazu zu haben.«

Es klingt nicht böse, was er sagt, viel mehr sind seine Worte eine nüchterne Feststellung.

»Trotzdem muss ich dir zu Gute halten, dass du aus deinem Herzen heraus handelst und dass du zu deinen Überzeugungen stehst. Selbst einer niedrigen

Dienerin gegenüber hältst du dein Wort und nimmst dafür sogar die eigene Züchtigung in Kauf.«

Seine Hand streichelt über meinen Bauch, während er mir seine Worte ins Ohr haucht.

»Du bist stark Darina und tugendhaft, das bewundere ich an dir. Auch wenn deine Entscheidungen nicht die klügsten sein mögen.«

Seine Worte werden unterbrochen, als eine Zofe eintritt, um ein Tablett mit ausgewählten Speisen an den Rand der Wanne zu stellen, augenscheinlich Gerichte, die von der unangetasteten Tafel unten stammen. Ohne ein Wort zu sagen, verschwindet sie auf ein Nicken des Herrn wieder aus dem Zimmer und zieht die Tür hinter sich zu.

Tarabas greift nach einem der hübsch angerichteten Käsehäppchen und steckt es mir in den Mund. Dann schiebt er ein kleines Fruchtstück hinterher. Genüsslich lasse ich die Delikatesse auf meiner Zunge zergehen, öffne willig die Lippen, damit er mir neue Leckereien in den Mund stecken kann. Tarabas füttert mich, bis ich satt werde, gönnt sich selbst aber nur zwischendurch ein paar kleine Bissen. Er führt den Kelch mit Wein zu meinen Lippen, lässt mich von den süßen Trauben kosten, während sein eigener Mund sich lieber an meinem Hals labt, als an den köstlichen Speisen. Er küsst mich, streichelt mich und verhätschelt mich, ohne ein weiteres Mal meine Verfehlungen zu erwähnen. Ich frage mich, ob ich diese

Zuneigung verdient habe, wo ich ihm gegenüber doch keinerlei Offenheit oder Vertrauen gezeigt habe. Doch er scheint das anders zu sehen.

Seine Küsse an meinem Hals und Nacken werden intensiver, irgendwann dreht er meinen Kopf, um meine Lippen zu finden. Gierig verschlingen sich unsere Münder, die Zungen finden zueinander und beginnen lüstern miteinander zu spielen. Seine Hände halten mich, streicheln mich. Berühren sanft und gefühlvoll meine Brüste.

Dann zieht er mich hoch und hebt mich aus der Wanne. Ohne ein weiteres Wort greift er nach den Tüchern, nimmt mich an der Hand und führt mich durch die andere Tür, die direkt an sein Schlafgemach grenzt. Bringt mich zu dem Bett, das mir bisher stets versagt war. Ehrfürchtig bleibe ich stehen, bis er mich weiter in den Raum hineinschiebt. Bewundernd lasse ich meine Augen durch das Zimmer wandern. Betrachte die kunstvollen Gemälde an den Wänden. Die außergewöhnlichen Verzierungen und Ornamente. Die weichen Felle, die den Boden bedecken, und die dicken Kissen, die das Bett säumen, das wie der Rest des Raumes in Schwarz und Gold gehalten ist.

Der Kral bleibt vor mir stehen und sinkt auf seine Knie. Noch bevor er sich selbst trocknet, beginnt er, jeden Tropfen Wasser von meinem Körper zu wischen. Ich zittere unter seiner Berührung. Spüre die Zuneigung, die er mir in diesem Moment entgegenbringt. Mit einer sanften Geste drückt er mich auf sein

Bett, lehnt sich über mich, um erneut meine Lippen zu küssen. Ich fühle ihn, schmecke ihn. Nehme seinen Geruch auf und versuche ihn für immer in meinen Gedanken zu speichern. Warm und feucht sind seine Lippen, die sich fordernd auf meine legen um mich zärtlich zu liebkosen. Meine Hände greifen nach ihm, bereit, ihm erneut in jeder nur erdenklichen Weise Lust zu bereiten. Doch Tarabas schiebt meine Hände fort, hält sie mit einer der seinen über meinem Kopf zusammen. Dieses Mal allerdings nicht, weil er über mich herfallen will und meinen Widerstand verhindern, sondern weil er mir signalisieren möchte, dass er an der Reihe ist, mich zu verwöhnen und dass ich nichts weiter zu tun habe, als zu genießen.

Seine Lippen wandern von meinem Mund zu meinem Hals und dann weiter zu meinem Dekolleté. Überall dort, wo er mich berührt, hinterlässt er Wärme. Ein heißes Kribbeln. Er erkundet meine Brüste mit seiner Zunge, saugt meine Nippel in seinen Mund und nimmt sie vorsichtig zwischen seine Zähne. Ein heiseres Stöhnen entfährt mir, als ich diese sinnliche Berührung spüre. Ich lege meinen Kopf in den Nacken, lasse mich treiben von den Empfindungen, die wie kleine Blitze durch meinen Körper jagen.

Nach den Brüsten ist mein Bauch an der Reihe, dann meine Arme und Beine. Er bedeckt jeden Zentimeter meines Körpers mit kleinen Küssen. Geht dabei gründlich vor, so als dürfe er keine Stelle übersehen. Seine Lippen wandern über meine Schenkel nach unten und dann zurück nach oben. Sofort spüre ich, wie das Pochen in meinem Unterleib heftiger wird, je näher sich sein Mund meiner Mitte nähert. Seine Zunge kitzelt, es kostet mich Überwindung, nicht zu zucken, oder mich gar aus seiner Berührung zu winden, als er meine Beine an der sensiblen Innenseite verhätschelt. Zu hoch ist das Risiko, dass er die sinnliche Behandlung stoppen könnte, die mir so großes Vergnügen bereitet. Ich weiß, dass das, was er tut, auch für ihn eine neue Erfahrung ist. Üblicherweise ist er doch stets in der Rolle des Beschenkten, nicht in der Rolle des Gebenden. Und doch scheint auch er seine Freude daran zu haben, mit mir gemeinsam das neue Spiel zu entdecken.

Als sein Mund mein Geschlecht findet, kann ich mich nicht mehr beherrschen und beginne lauthals zu stöhnen. Ich beiße mir auf die Lippen, doch seine Liebkosung ist so herrlich, so viel besser als alles was ich bisher erlebt habe, dass ich gar nicht anders kann, als ihn lauthals an meiner Begeisterung teilhaben zu lassen.

Tarabas bedeckt meinen Venushügel mit zarten Küssen, während sein Gesicht langsam den Weg nach unten findet. Gefühlvoll gleitet seine Zunge durch meine Spalte, öffnet meine Schamlippen wie eine Blüte unter der Sonne. Er kostet von meiner Nässe, nimmt von mir auf, was mein Körper bereit ist, ihm an Lüsternheit zu bieten. Er berührt meine Perle, stupst sie mit seiner Zunge, bis sie liebestoll anschwillt und neckt sie mit sanften Küssen. Gleich darauf gleitet er wieder weiter, um mein Inneres zu erkunden.

Meine Finger graben sich in die weichen Kissen, während seine Zunge in mich eindringt und lustvolle Schauer bis in die Spitzen meiner Glieder schickt. Die Empfindung ist so intensiv, so überwältigend, dass sich mein gesamter Leib unter ihm aufbäumt. Ich bebe, zittere und zucke, während er meinen Körper zum Klingen bringt. Mit jeder Geste bettle und flehe ich um Erlösung, doch er zögert die sinnliche Folter noch weiter hinaus, indem er genau dann seine Bewegungen mäßigt, wenn mich die Erregung zu überrollen droht.

Sein Mund spielt auf mir, wie auf einem Instrument und taucht mich in einen Rausch reinster Begierde. Er bringt meine Saiten zum Schwingen, entlockt mir die höchsten Töne und die spitzesten Schreie. Es ist zu viel, ich kann mich nicht mehr halten. Ich lasse los, damit mich die Lust mit sich forttragen kann. Lautes Stöhnen untermalt meinen Höhenflug, während die rhythmischen Kontraktionen den Takt meiner Erlösung verkünden. Noch immer drückt er sein Gesicht an mich, spürt mich und lässt mich ihn spüren, bis das Beben allmählich schwächer wird und meine Lustschreie im herrschaftlichen Raum verklingen.

Als er sich abwendet, will ich aufspringen, vor ihm auf die Knie sinken, und mich revanchieren für das, was er eben für mich gemacht hat. Doch er lässt mich nicht.

»Du hast heute schon genug für mich getan, Darina«, sagt er nur und streichelt über mein Haar.

Tarabas schickt mich dennoch nicht fort, sondern lässt zu, dass ich bei ihm bleibe, sein großes Bett teile und mich an seinen starken Körper kuschle.

»Liebst du mich?«, fragt er, kurz vor dem Einschlafen.

»Ich bin die Eure«, sage ich, um seiner Frage auszuweichen. »Mit aller Ergebenheit, Demut und Treue, die ihr verlangt.«

Ich weiß, dass ihn meine Antwort enttäuscht, doch er lässt sich nichts anmerken und schließt die Augen, um zu schlafen. Ich dagegen, kann so schnell keine Ruhe finden. Während ich sein Herz schlagen höre, fühle ich mich ihm so nahe, wie noch nie.

Sei nicht töricht, sage ich mir, dieser Mann wird dein Untergang sein. Er wird dir schaden, so wie er Savanna geschadet hat. Dich fallen lassen und eine weitere, neue Kralica zu sich holen, wenn du ihm langweilig wirst. Verlier nicht dein Herz an einen Mann, der dich enttäuschen wird, ermahne ich mich selbst, während meine Lider immer schwerer werden und die Müdigkeit Besitz von mir ergreift. Doch noch ehe mir die Augen zufallen, spüre ich, dass es längst zu spät ist.

DUNKLE TRÄUME

»Savanna!«

Mein Schrei ist so schrill und laut, dass ich davon wach werde und hochschieße, bis ich kerzengerade im Bett sitze. Erschrocken sehe ich mich um. Da ist kein Wald, keine Savanna und auch kein schwarz gekleideter Verfolger. Nur das dunkle Zimmer und ich. Und Tarabas.

Besorgt sieht er mich an, er ist ebenfalls von meinem Schrei munter geworden. Mir wird schwindelig, was habe ich bloß getan? Bestimmt ist er jetzt verdammt wütend auf mich!

»Du hast wieder schlecht geträumt?«

Sein Blick ist besorgt, während er eine blonde Haarsträhne fort streicht, die auf meiner Stirn kleben geblieben ist. Ich nicke, ohne ihn direkt anzusehen. Meine Träume sind mir unangenehm, doch ich habe keine Macht sie abzustellen. Es ist die siebte Nacht insgesamt, die ich in seinem Bett verbringe und ich weiß nicht die wievielte Nacht, in der mich dieser Traum verfolgt. Irgendwann habe ich aufgehört zu zählen. Der Inhalt ist immer der gleiche. Savanna, wie sie durch den Wald läuft, mit zerrissenen Kleidern und zerschundenen Füßen. Verfolgt von dem Mann, der sie töten wird. Verfolgt von Tarabas.

»Was ist es, das dich bis in deine Träume verfolgt?«

Seine Stimme ist sanft, er wirkt erstaunlich gefasst dafür, dass ich ihn gerade mit einem schrillen Schrei aus dem Schlaf gerissen habe.

»Nur ein dummer Albtraum«, murmle ich und will mich abwenden.

Doch so schnell gibt er nicht auf.

»Warum hast du nach Savanna gerufen?«

Seine Augen durchdringen mich und in diesem Moment verfluche ich seine Fähigkeit, in mich hineinzusehen, mindestens genauso sehr, wie ich sie sonst immer bewundert habe. Unschlüssig beiße ich auf meiner Lippe herum. Was soll ich antworten? Ich kann ihm doch schlecht sagen, dass ich deswegen schlecht träume, weil ich überzeugt bin, dass er seine Geliebte auf dem Gewissen hat!

»Es ist Savanna, oder? Die Savanna, die hier vor vier Jahren verschwunden ist.«

Ich muss nichts sagen, damit er weiß, dass er richtig liegt.

»Du träumst jede Nacht von ihr, wenn du bei mir bist.«

Ich starre gerade vor mich hin, die Knie angewinkelt und von meinen Armen umschlossen. Bin wütend auf den Verräter, der mich in diese Situation gebracht hat. Wütend auf meinen eigenen Traum.

Tarabas greift nach meinem Kinn und zwingt mich, ihn anzusehen.

»Frag mich, was du mich fragen willst, Darina.«

Ich zögere, weil meine Stimme es nicht vermag, eine solche Frage, eine solch ungeheuerliche Vermutung in Worte zu fassen. Meine Weigerung zu kooperieren ist es aber, die ihn schließlich wirklich wütend macht.

»Frag, verdammt noch mal! Frag endlich, ob ich sie getötet habe!«

Seine Stimme bebt, während er mir die Worte an den Kopf schleudert.

»Das ist es doch, was dich beschäftigt, oder?«

Zitternd umklammere ich meine Beine noch ein bisschen fester, drücke mich ganz tief in die Kissen, so als ob das helfen würde. Seine Augen funkeln wütend. Ich weiß, dass nicht mehr viel fehlt, dass er die Hand hebt und mich schlägt. Mir das gibt, was ich verdient habe, für die ungeheure Bezichtigung.

Dann spüre ich seine Hand auf meinem Arm. Er greift fest zu und dreht mich so herum, dass ich mit dem Rücken an seiner Brust zu sitzen komme. Starr bleibe ich in der Position, in die er mich gezerrt hat und erschaudere vor dem, was er vorhat. Seine Arme umschlingen mich und drücken mich an ihn.

»Glaubst du wirklich, ich könnte dir etwas antun, Darina?«

Seine Stimme ist jetzt ganz nahe an meinem Ohr.

»Ich bestrafe dich, wenn du es verdient hast und respektlos bist. Ich erziehe dich, wenn ich es für nötig halte. Aber ich würde dir nie ernsthaft schaden!«

Seine Lippen pressen sich auf meine Wange, um einen zarten Kuss darauf zu hauchen.

»Ich habe Savanna nicht wehgetan, niemals. Ich hatte Savanna sehr gerne. Vielleicht zu gerne. Glaub mir, wenn ich wüsste, was ihr zugestoßen ist, dann würde ich sie rächen.«

Seine Worte klingen ehrlich, sein Racheschwur voller Leidenschaft. Ich kann in seinen Augen lesen, dass er ernst meint, was er sagt, als er mich wieder zu sich herumdreht. Mit einem Kuss verschließt er meine noch immer zitternden Lippen. Drückt mich fest an seinen Körper und lässt mich seine Wärme spüren, als wir beide zurück in den Schlaf sinken.

Wie inzwischen fast jeden Tag, reite ich am nächsten Morgen mit Dimitras zum Fluss runter, wo wir unsere Pferde tränken und ein bisschen sitzen bleiben, um über die aktuellen Geschehnisse zu sprechen, die auch in der Burg alle beschäftigen. Darüber, dass es eine erste Schlacht zwischen den Naori und den Lakaren gegeben hat, über die Ernte, die von den Bauern abgeliefert wurde und darüber, dass die Erträge höher sind als im letzten Jahr. Über die Kleider der Kralici für das Erntedankfest, die der Kral beim Hofschneider in Auftrag gegeben hat. Ich frage Dimitras, ob er bereits einen Entwurf der Kleider oder einen Stoff gesehen hat, aber er schüttelt den Kopf.

»Nur den von Mutter, der leuchtet wundervoll in dunklem Violett. Aber wie jedes Jahr wird ihr Kleid anders sein, während ihr Mädchen dieselben Kleider tragt.«

Er lächelt verschmitzt.

»Sei nicht traurig darüber, du wirst sowieso die Hübscheste von allen sein!«

Dimitras schafft es tatsächlich, ein Lächeln auf meine Lippen zu zaubern. Überhaupt bin ich froh, dass er da ist und dass ich wieder so etwas wie einen Freund gefunden habe, seit Endea fort ist. Dimitras hat sich als guter Zuhörer erwiesen, jemand, mit dem ich über alles reden kann. Nun ja, fast alles. Denn über meine Albträume wegen Savanna und wegen dem schrecklichen Wissen um seine Mutter kann ich natürlich nicht mit ihm sprechen. Beides belastet mich, auch wenn sich die Situation mit Zatira in den letzten Tagen etwas entspannt zu haben scheint.

Bis auf einen Zwischenfall am Brunnen, hat sie kein Wort mehr an mich verloren. Dafür war dieser eine Zusammenstoß recht unangenehm. Es war am Morgen, nachdem ich die erste Nacht im Bett des Krals verbracht hatte. Ich kam gerade hinaus in den Hof, als ich sie am Brunnen entdeckte. Außer uns beiden war noch niemand hier und eigentlich wollte ich am liebsten sofort Reißaus nehmen. Doch es war zu spät.

»Ihr Huren seid mir egal«, sagte sie und ihre eisige Stimme ließ mir wie jedes Mal das Blut in den Adern gefrieren. »Ich verstehe, dass ein Mann Bedürfnisse hat. Aber was ich nicht akzeptieren werde, ist, dass eine dreckige kleine Hure wie du, vom königlichen Teller speist und im königlichen Bett schläft.«

»Mir ist egal, was du davon hältst«, entgegnete ich und war selbst überrascht, wie sicher meine Stimme klang. »Wenn Tarabas mich bei sich haben will, dann werde ich bei ihm sein. Das kannst du nicht verhindern.«

Ohne ein weiteres Wort ließ sie mich stehen, offensichtlich ebenso überrascht, dass ich meine Stimme gegen sie erhoben hatte. Ich wartete den ganzen Tag darauf, dass noch etwas kommen würde, aber nichts passierte. Es schien fast so, als hätte sie selbst eingesehen, dass es keinen Sinn hatte, mir weiter zu drohen. Also ging sie mir aus dem Weg. Selbst der Umstand, dass ich sehr viel Zeit mit ihrem Sohn verbrachte, schien ihr egal zu sein. Ich deutete beides als gute Zeichen. Bis mir letzte Nacht ein böser Verdacht kam.

Als Dimitras aufbrechen will, um zurück zur Burg zu reiten, sage ich kurzerhand, dass ich noch eine Erledigung habe, und später nachkommen werde.

»Du kannst nicht alleine gehen, Darina! Du weißt, dass Vater das verboten hat!«

»Dann erzähl es ihm besser nicht!«

Noch bevor Dimitras widersprechen kann, gebe ich Altinda die Sporen und sie galoppiert los.

»Du bist verrückt!« höre ich ihn rufen, doch er lässt mich ziehen ohne mir zu folgen, worüber ich sehr froh bin. Bei meinem Vorhaben kann ich ihn nicht gebrauchen.

Endeas Heimat ist wesentlich näher als meine, bereits als die Sonne am höchsten steht, kann ich aus der Ferne die Häuser erkennen. Das Dorf ist klein und überschaubar, eine kleines Gebetshaus sehe ich, daneben ein knappes Dutzend einfacher Hütten. Es wird mir also nicht schwer fallen, sie zu finden.

»Ich möchte zu Endea.«

Ich drücke dem Burschen am Tor eine Münze in die Hand, damit er zwischenzeitlich Altinda gut versorgt. Er nickt und führt mich zum Hauptplatz und dann weiter zu einer kleinen, heruntergekommenen Hütte, vor der ein kleiner Junge mit Steinen spielt.

»Ist deine Schwester da?«, fragt der Pferdebursche.

Der Junge nickt und deutet nach drinnen. Ich danke beiden und trete alleine an die Tür, um zu klopfen.

»Kralica?«

Endea strahlt übers ganze Gesicht, als sie mich entdeckt. Sie sieht viel besser aus als vor zwei Wochen, als ich sie fortgeschickt habe. Die Schwellungen in ihrem Gesicht sind verschwunden, die blauen Flecken weg oder nur noch ganz blass. An die blutigen Kratzer erinnern nur noch feine Narben.

»Was macht Ihr hier, Kralica?«

»Ich wollte dich sehen«, sage ich wahrheitsgemäß, »Ich habe jemanden zum Reden gebraucht!«

Endea deutet mir einzutreten und ich folge ihr in die kleine Hütte, wo sofort ihre Mutter herbei eilt um uns mit Wasser zu versorgen. Kaum sind wir wieder alleine, sprudelt alles aus mir heraus. Meine Albträume, mein Verdacht, das Gespräch mit Tarabas. Jetzt, wo wir weit weg von der Burg sind, fällt es mir sehr viel leichter das auszusprechen, was mich seit Wochen plagt und in Endea habe ich eine geduldige Zuhörerin gefunden.

»Ihr hättet gleich zu mir kommen können«, sagt sie schließlich, nachdem ich mir alles von der Seele geredet habe. »Ich hätte Euch nicht verraten, aber ich hätte Euch die schwere Last gewiss von den Schultern nehmen können.«

»Du denkst also nicht, dass der Kral es getan hat?«

Meine Stimme zittert, während ich diese Frage ausspreche.

»Ich habe den Blick in seinen Augen gesehen, Kralica, als das Mädchen damals verschwunden ist. Tagelang ist er mit leerem Blick durch die Gänge gelaufen. Er sah verletzt aus. Gebrochen. Ich denke, dass er ehrlich um sie getrauert hat.«

»Was ist mit den Geschichten über den Brautlauf? Die bösen Zungen, die behaupten, er sei nicht darüber hinweggekommen, sie an einen Widersacher verloren zu haben?«

»Das hat ihm bestimmt zugesetzt. Seine Zofe hat mir erzählt, dass er ihre Schreie gehört hat. Die verzweifelten Hilferufe, als der Husar sie erwischt hat.«

»Der Husar?«, frage ich ungläubig.

»Ja«, sagt sie und ihre Stimme klingt jetzt bitter. »Wer hätte gedacht, dass wir beide diese bittere Erfahrung einmal teilen müssen?«

Ich nehme sie in meine Arme, weil ich sehe, dass ihr eine Träne über die Wange kullert.

»Er hat ihr keine Schuld gegeben«, flüstert sie an mein Ohr. »Das hätte er niemals!«

»Aber wenn er es nicht war, wer dann?«, frage ich und komme nicht umhin, auch den bösen Gedanken auszusprechen, der sich mir in den Kopf gepflanzt hat. »Denkst du, dass Zatira etwas damit zu tun hatte?«

»Das werden wir wohl nie erfahren«, sagt sie. »Zutrauen würde ich es der Herrin.«

Ich auch, denke ich, und ein ziemlich unbehagliches Gefühl überkommt mich. Hat die erste Kralica ihre Konkurrentin aus Eifersucht getötet, weil sie dem Kral näher gekommen war als die anderen Mädchen? Weil sie Privilegien genoss, die ihr als Kebse nicht zustanden? Oder hatte Savanna am Ende auch etwas gesehen, dass sie nicht hätte sehen sollen? Wurde sie auch vom Husaren angegriffen, so wie Endea? Bei dem Gedanken läuft mir ein kühler Schauer über den Rücken.

»Ich fürchte, ich muss dir etwas gestehen, Endea.«

Ich spüre, dass ich mein Geheimnis nicht länger für mich behalten kann. Auch wenn sie mich danach hassen mag, Endea hat es verdient, endlich die Wahrheit zu erfahren. Ich habe kein Recht, sie im Unklaren zu lassen, also erzähle ich ihr die ganze Geschichte von Anfang an. Von dem Moment, wo ich Wasser holte, als ich die Geräusche hörte und schließlich Zatira bei ihrem sündigen Treiben überraschte. Dass ich davon lief und mich feige versteckte, nicht entdeckt wurde, was sich erst als mein Glück aber dann als ihr Unglück herausstellte. Als ich fertig erzählt habe und ihr ins Gesicht sehe, stehen mir selbst die Tränen in den Augen.

»Es tut mir so wahnsinnig leid Endea! Ich hätte gleich ehrlich mit dir sein sollen! Ich weiß nicht, wie ich jemals wieder gutmachen kann, was dir widerfahren ist!«

Sie sagt nichts, sondern sieht mich einen Moment lang nur an.

»Es ist nicht Eure Schuld«, sagt sie schließlich und streicht mir eine Träne von der Wange. »Kralica, niemand trägt die Schuld daran. Es gibt Teufel unter uns und niemand kann verhindern, wenn das Schicksal will, dass sie unseren Weg kreuzen.«

Ein schrecklicher Knall lässt mich hochfahren. Sofort folgt Endea mir nach draußen, wo wir beide entsetzt zum Himmel starren. Dunkle Wolken haben die herrliche Nachmittagssonne verdrängt und werden jetzt lediglich noch durch die hellen Blitze unterbrochen, die in gleichmäßigem Rhythmus vom Himmel schießen. Tosender Regen taucht die schöne Landschaft in ein unheilvolles Nass und verwandelt die trockenen Feldwege in matschige Fallen.

»Ihr könnt bei diesem Unwetter nicht heim reiten«, stellt Endea fest und führt mich zurück in die Hütte. »Ihr müsst bleiben und abwarten, bis der Ausbruch vorüber ist und die Wolken ihren Unmut abgelegt haben.«

Missmutig folge ich ihr. Ich weiß ja, dass sie Recht hat und ich möchte gewiss nicht riskieren, irgendwo in einem Sumpf stecken zu bleiben oder von einem Blitz getroffen zu werden. Gleichzeitig weiß ich aber auch, dass mir meine Zeit aus den Händen rinnt. Es bleibt nicht mehr viel, um pünktlich zum Abendbrot zu erscheinen und ich weiß, wie wichtig es ist, den Kral nicht warten zu lassen. Schon gar nicht dann, wenn ich eigenmächtig unterwegs bin, obwohl er mir das ausdrücklich verboten hat. Unruhig wippt mein Fuß auf und ab, während ich immer wieder Blicke nach draußen werfe um zu sehen, ob sich das Gewitter schon etwas beruhigt hat. Endea tut ihr Bestes, mich abzulenken, doch mit jedem Moment, den ich warten muss und mit den immer dicker werdenden Regentropfen, werde ich unruhiger und nervöser, bis mein Zustand irgendwann in pure Panik übergeht.

Ich kann sehen, dass die Sonne inzwischen sowieso verschwunden wäre und dass die Dunkelheit uns nun wohl auch ohne die Wolken erreicht hätte. Beides würde ich in Kauf nehmen, und dennoch den Heimweg antreten. Aber die sintflutartigen Regenschauer machen meine Rückreise schier unmöglich.

»Ihr müsst bis morgen Früh warten«, stellt schließlich auch Endeas Mutter fest, als sie uns ein einfaches, aber schmackhaftes Abendbrot bringt.

»Ihr könnt mein Bett haben«, bietet Endea an. »Ich weiß, es ist einer Kralica nicht würdig, aber ich werde für Euch Mutters bestes Bettzeug holen, um die Not so erträglich wie möglich zu gestalten.«

Ich bin dankbar für alle Mühe und Gastfreundschaft, die ich hier erfahre, trotzdem kann ich lange kein Auge zumachen, denn ich ahne, was mir morgen blüht, wenn ich zurück nach Hause komme.

Der Himmel ist noch immer grau, als ich vor der Burg eintreffe und mein Pferd zu den Stallungen führe, aber zumindest kommen inzwischen nicht viel mehr als ein paar einzelne Tropfen vom Himmel. Noch bevor ich die richtige Box erreiche, erblicke ich Tarabas. Er lehnt an der Mauer. Ruhig. Entspannt. Gefährlich.

»Ich habe dich erwartet«, sagt er und sein wütender Blick durchdringt mich. »Du hast mich sehr enttäuscht Darina. Dafür wirst du einen hohen Preis zahlen!«

»Es tut mir so leid«, beginne ich meine Verteidigung, »Ich bin vom Unwetter überrascht worden! Ich musste einen Unterschlupf finden, bei dem Gewitter-sturm zu reiten, wäre bestimmt mein Tod gewesen.«

»Schweig«, sagt er. »Deine Erklärungen interessieren mich nicht. Los, geh da rein.«

Er führt mich um die Boxen herum, bis zu der Tür, die mir wohl bekannt ist. Stößt mich vor sich her in das Zimmer, in dem ich Zatira und den Husaren beobachtete habe.

»Zieh dich aus«, sagt er ruhig, so als ob es eine ganz gewöhnliche Anweisung wäre.

»Bitte mein Herr, es tut mir so leid! Ihr müsst mir glauben!«

Mit zittrigen Fingern öffne ich die Knöpfe meines Oberteils, um ihn nicht noch weiter zu verärgern.

»Alles!«, verlangt er unbarmherzig, als ich mein Kleid gelüftet habe.

Ich schiebe die Stofflagen an mir hinunter, lasse den Rock auf den Boden gleiten, bis ich einfach aus dem Kleiderberg hinaussteigen kann. Nackt und zitternd trete ich jetzt einen Schritt näher an ihn heran, dann falle ich vor ihm auf die Knie.

»Verzeiht mir Herr!«, flehe ich erneut.

Doch er hat kein Erbarmen. Er packt mich an der Schulter und zerrt mich hoch. Schleift mich hinter sich her, bis zur Mitte des Raumes und zwingt mich meine Hände über den Kopf zu nehmen. Dann bindet er mich mit derselben Eisenkette an der Decke fest, die ich vor wenigen Wochen bei Zatira gesehen habe.

»Nein«, bettle ich, »bitte tut mir das nicht an!«

»Ich werde dir heute gar nichts antun! Du bist meiner nicht würdig, Weib!«

»Neeeiiin!«, kreische ich, als ich sehe wie er durch die Tür verschwindet.

Aber es ist zu spät. Der Kral ist gegangen.

Die Zeit scheint still zu stehen, während ich alleine in dem Raum gefangen bin. Ohne zu wissen, was mich erwartet, sehe ich mit Tränen in den Augen meinem Schicksal entgegen. Eine böse Vorahnung überkommt mich. Wie kann er mir das antun? Wie kann er nur so grausam sein?

Eine neue Silhouette ist im Türrahmen aufgetaucht. Eine dunkle Silhouette. Eine böse Silhouette. Ein Schatten, der mir wohl vertraut ist.

Panisch zerre ich an meinen Ketten, als die Schlange mit polternden Schritten auf mich zukommt, kreische nach Tarabas, flehe um Verzeihung. Doch er kann mich nicht mehr hören.

»Wir werden bestimmt eine Menge Spaß haben, mein Täubchen«, sagt der Husar mit einem irren Lachen im Gesicht.

Sofort fällt mein Blick auf die Peitsche in seinen Händen.

»Es macht mir besonders viel Spaß, wenn ich etwas Schönes zerstören kann«, sagt er, während er um mich herum geht.

Fast zärtlich lässt er die Peitsche über meine Brüste streichen, dann über meinen Bauch. Ich zittere am ganzen Körper und ich habe das Gefühl, dass er sich geradezu an meiner Angst weidet.

»Du wirst für mich schreien, Kralica. So wie es noch jede der Schlampen getan hat, die ich bearbeitet habe!«

Ich presse den Mund zu, kein Laut entkommt mir, als mich die ersten Peitschenhiebe treffen. Er ist brutal, zielt genau auf meine sensibelsten Stellen, einmal auf die Oberschenkel, dann auf die Brüste. Ich kann beobachten, wie sich meine Haut von zartem Rosa in dunkles Rot färbt. Wie er hässliche kleine Linien auf meinen Körper zeichnet. Er geht um mich herum und ich bin dankbar, dass er meiner Vorderseite eine kleine Pause gönnt. Die Dankbarkeit verfliegt aber rasch, denn die Schläge, die mich jetzt auf dem unteren Rücken, auf den Oberschenkeln und am Po treffen, sind noch um einiges härter und brutaler, als die davor.

»Los schrei endlich, Dreckstück!«, befiehlt mir der Teufel, ehe er erneut sein Folterinstrument auf mich richtet.

Das Geräusch, als die Peitsche auf meine Haut schnalzt und Striemen in mein Fleisch reißt, erfüllt den Raum. Einmal, zweimal, dreimal. Irgendwann habe ich aufgehört zu zählen. Mein gesamter Rücken brennt wie die Hölle, ich bin sicher, dass es inzwischen kaum mehr eine Stelle geben mag, die verschont geblieben ist.

Das Nächste, das ich spüre, ist das dicke Ende der Peitsche zwischen meinen Beinen. Mit einer quälend langsamen Bewegung, zieht er das Teil durch meine Spalte, berührt jeden Zentimeter meines empfindlichen Inneren. Die Berührung stoppt und ich halte die Luft an, vorbereitet auf das Schlimmste. Der Schmerz, der durch meine Glieder fährt, als er die Peitsche auf mein Geschlecht zischen lässt, übertrifft alles, was ich bisher erlebt habe. Ich kann nicht mehr verhindern, dass es aus mir hinaus bricht, muss hilflos zulassen, dass mein gellender Schrei den Raum erfüllt.

Gleich noch einmal zischt das mörderische Gerät auf meine Scham, baut mein Geschrei aus in ein einziges Konzert des Grauens. Bis plötzlich eine andere Stimme alles übertönt. Ihre Stimme.

Ich habe sie gar nicht wahrgenommen, doch in der dunklen Ecke sitzt sie - Zatira. Die rothaarige Hexe.

»Hör auf zu spielen!«, weist sie ihren Lakaien an. »Gib dem Dreckstück endlich, was es verdient hat!«

»Nein!«, schreie ich erneut, doch ich ernte nur Gelächter und Spott.

Ich winde mich, versuche zu treten und auszukommen, aber der Husar ist viel stärker. Er packt mich und zerrt meine Beine auseinander. Lässt seine Peitsche noch ein weiteres Mal gegen meinen Innenschenkel schnalzen, weil ich nicht spure. Dann fühle ich wie er sich von hinten gegen mich presst, so wie er es damals bei seiner Gespielin getan hat.

»Schrei für mich!«, raunt er mir ins Ohr und ich kann fühlen, wie sein harter Schwanz auf mein Geschlecht zielt.

»Bitte nicht!«, flehe ich, doch er hat kein Mitleid.

Ich schließe die Augen, während ich auf den ersten Stoß warte, panisch, resignierend. Die ganze Kammer ist gefüllt mit meiner Angst und mit ihrem Gelächter.

Als ich die Augen aufreiße ist es dunkel und ich bin schweißgebadet. Sofort wandern meine Hände über meinen Körper nach unten, tasten vorsichtig über die Brüste, dann über den Bauch und die Schenkel. Keine Verletzungen, keine Schnitte. Erleichtert atme ich auf.

Es ist noch dunkel in der Hütte, doch ich kann sehen, dass draußen bereits der Tag anbricht. Der Regen hat aufgehört, lediglich ein paar kleine Pfützen erinnern noch an das Unwetter der letzten Nacht.

Rasch lege ich noch ein paar Silbermünzen auf Endeas Bett, dann eile ich nach draußen zu Altinda, um schleunigst meinen Heimweg anzutreten.

GETARNT UND GETÄUSCHT

Ich bin gerade auf dem Weg aus meinem Waschraum, als ich Tarabas in die Arme laufe. Ich habe den ganzen Ritt nach Hause überlegt, was ich ihm sagen kann, wie ich ihn am besten um Verzeihung bitten soll. Doch jetzt, wo er vor mir steht, will mir nichts Sinnvolles über die Lippen kommen.

»Verzeiht mir, es tut mir so leid, dass ich nicht zum Essen erschienen bin«, sage ich schließlich und sinke vor ihm auf die Knie. »Ich weiß, dass Ihr mich bestrafen müsst und ich werde jede Züchtigung dankbar annehmen! Aber bitte verstoßt mich nicht!«

Tarabas sieht mich verdutzt an, ehe er nach meinem Arm greift, um mich wieder auf die Beine zu ziehen.

»Wieso soll ich dich verstoßen Darina? Ich bin froh, dass es dir wieder besser geht! Nachdem was Dimitras gestern Abend erzählt hat, habe ich schon befürchtet, du würdest länger krank sein. Ich wollte eben nach dir sehen!«

»Krank? Ich…« Unsicher sehe ich ihn an.

»Ich bin froh, dass es dir wieder gut geht«, sagt er nochmals und streicht mir übers Haar. »Ich habe jetzt leider wenig Zeit, es müssen Besprechungen geführt und wichtige Entscheidungen getroffen werden. Der Konflikt zwischen den Lakaren und den Naori zieht weitere Kreise als ich dachte. Ich schicke später nach dir!«

Ich nicke, noch immer verwundert, und sehe ihm nach, wie er den Gang hinunter verschwindet.

Als ich ins Frauenzimmer komme, sitzen die drei jüngeren Kralici in der Runde zusammen, zwei kleine Mädchen spielen am Boden, ein drittes wird von einer Amme gefüttert. Die Frauen unterhalten sich angeregt, sehen nur kurz auf, als ich den Raum betrete, aber lassen sich nicht weiter von meiner Anwesenheit ablenken. *Zumindest verstummt dieses Mal nicht alles,* denke ich. Ein gutes Zeichen, denn sie scheinen nicht über mich zu sprechen.

»Ein wunderschönes Violett«, höre ich Helena, das blonde Mädchen, zu Katalina sagen, während ihr diese kopfnickend zustimmt.

»Und der Stoff ist wirklich sehr fein«, bestätigt die Schwarzhaarige, Shana, die den beiden gegenüber sitzt.

»Ihr habt eure Kleider schon?«, frage ich, als ich mich in die Runde setze.

»Mutter, ein Schmetterling!«, ruft eines der Kinder und kommt strahlend zur dunkelhaarigen Kralica gelaufen.

Die Blicke gehen nach oben, tatsächlich ist ein hübscher kleiner Zitronenfalter an der Luke aufgetaucht, der sofort die Aufmerksamkeit auf sich zieht. Erst als der zarte Schmetterling das Weite sucht, scheinen sich die anderen an meine Frage zurück zu erinnern, doch ich kann ihren Gesichtern weder eine Bestätigung noch einen Widerspruch entnehmen.

»Sie sind gestern gekommen. Hast du denn noch keines?«

Katalinas Stimme klingt bemüht freundlich, auch wenn ich an der Aufrichtigkeit ihrer Anteilnahme zweifle.

»Ich denke sogar Zatiras Kleid ist schon fertig«, stimmt die Mutter der kleinen Kinder sachlich zu.

»Vielleicht darfst du nicht mit aufs Fest«, grinst Helena, bis sie ein böser Blick von Katalina zum Schweigen bringt.

»Wir haben noch etwas zu erledigen, nicht wahr?« Katalina springt auf und nimmt die Blondine an der Hand. »Entschuldige uns bitte, Darina. Ich bin sicher, dein Kleid wird bald eintreffen!«

Ich sehe den beiden nach, als sie zur Tür hinausgehen.

»Er hat gesagt, du sollst nett zu der neuen Kebse sein!«, raunt Katalina der anderen zu. Sie spricht leise, aber dennoch kann ich sie hören.

»Kränk dich nicht«, sagt die Schwarzhaarige, während sie eines der Kinder abschüttelt, das an ihrem Rockzipfel zerrt. »Sie sind bloß eifersüchtig, weil der

Kral in den letzten Wochen immer nur nach dir verlangt hat.«

Weil die Kleine am Boden keine Ruhe gibt, steht sie schließlich auf und diktiert das Mädchen und seine ältere Schwester zur Tür, während ihr die Amme ihre Jüngste in den Arm legt.

»Mir persönlich hast du einen Gefallen getan, Darina. Ich brauche wirklich eine Pause bis zur Nummer vier!«

Ich folge ihrem Blick auf die Töchter.

»Shana, warte!«

Mit dem Kind auf dem Arm dreht sie sich zu mir um.

»Darf ich dich etwas fragen?«

»Ja sicher, aber beeil dich, meine Mädchen sind nicht gerade die geduldigsten Engel!«

»Hast du Savanna gekannt?«, platze ich ohne Umschweife hervor.

»Nun, das kommt darauf an, was du unter gekannt verstehst. Ich habe sie natürlich gesehen, wenn wir beim Essen saßen oder beim Gebet waren. Befreundet waren wir aber nicht, wenn du das meinst. Savanna hat es vorgezogen, ihre Zeit im Wald oder unten am Fluss zu verbringen, statt mit uns anderen hier bei der Handarbeit.«

Mein Blick wandert über die Wollknäuel und Stickereien, die am Tisch liegen. Ich lasse meine Finger über ein besonders schönes Stickbild wandern, fühle die sanften Erhebungen, die einfachen Stiche und die

Kunststiche, die eine der Frauen in mühseliger Kleinarbeit eingearbeitet hat. Das Werk zeigt einen Blumenkorb mit unzähligen Blüten in verschiedenen Farben. Wunderschön, aber ich möchte gar nicht wissen, wie viel Zeit und Mühe hinter einem solchen Bild stecken. *Schon lustig,* denke ich, *Savanna und ich hatten wirklich viel gemeinsam.* Ich kann bloß beten, dass mich nicht dasselbe Schicksal ereilt. Auf jeden Fall sollte ich mich noch mehr vorsehen als bisher und nicht riskieren Zatira oder ihrem Handlanger noch einmal alleine über den Weg zu laufen.

Der Tag ist schon fast vorüber, als Tarabas nach mir verlangt. Ich will den gewohnten Weg zu seinen Kammern einschlagen, doch die Zofe weist mich an, ihn draußen im Hof zu treffen.

In der Abendsonne sehe ich ihn am Brunnen stehen, die Beinkleider wie gewohnt in Leder und mit schweren Gurten und Riemen versehen, den Oberkörper unbedeckt. Er hat mich noch nicht entdeckt, also nutze ich die Zeit, um ihn genau zu betrachten. Seine Muskeln sehen enorm aus, er ist so viel stärker und kräftiger als alle anderen Männer, die ich kenne. Die drachenförmige Tätowierung, die sich von seinem Schulterblatt bis über die Brust schlängelt, betont seine Stärke zusätzlich. Sein Oberkörper schimmert bronzefarben in der Sonne, das schwarze Haar, das er mit Lederbändern zu einem strengen Zopf geschnürt hat, glänzt so intensiv wie das eines Rappen.

»Da bist du ja«, sagt er, als er mich sieht und ich kann beobachten, wie seine Augen den wunderschönen Bernsteinton annehmen, wie immer, wenn Licht darauf fällt.

»Ich möchte mich noch ein wenig entspannen, lass uns ausreiten!«

Gerne folge ich Tarabas zu den Stallungen, bin neugierig und gespannt, wo unser Ausflug uns hinführen mag. Ob er mich wieder zu seinem Hochsitz bringt? Nichts würde mir mehr Freude bereiten, als noch einmal einen Sonnenuntergang von dort oben zu betrachten. Ich denke an unsere wundervolle erste Nacht. Ja, der Aussichtsplatz ist gewiss ein ganz besonderer Ort.

Als Tarabas Richtung Westen reitet, wird mir allerdings klar, dass er für heute andere Pläne hat. Ich wage nicht, ihn danach zu fragen, weil ich mir selbst nicht die Überraschung kaputt machen möchte.

»Es ist nicht weit«, sagt er, »aber wir müssen ein Stück wandern.«

Neugierig sehe ich mich um, in diesem Gebiet war ich bisher noch nie. Am Fuß des Berges machen wir unsere Pferde fest, dann gehe ich hinter Tarabas den Weg entlang. Die Sonne senkt sich immer tiefer und ich bin sicher, dass sie den Wald bald in völlige Dunkelheit tauchen wird. Schon jetzt umgibt uns weitaus mehr Schatten als Licht. Unheimlich finde ich es aber nicht. Solange er an meiner Seite ist, fühle ich mich beschützt und sicher.

Während wir weiter nach oben marschieren, kann ich ein Eichhörnchen beobachten, das eine Nuss in seinen Vorderpfoten hält und genüsslich daran nagt. *Irgendwie niedlich,* denke ich, *es isst fast wie ein Mensch.* Als der kleine Kerl bemerkt, dass ich ihn anstarre, packt er seine Beute und bringt sie rasch in Sicherheit, so als ob er keine Lust hätte, sein Abendmahl mit mir zu teilen.

Bis wir den Hügel nach oben kommen, ist die Sonne vollständig untergegangen. Tarabas holt Zunder und Feuerstein aus seinem Beutel, um eine Fackel anzumachen. Das Feuer leuchtet uns das letzte Stück unseres Weges und wirkt auf mich zugleich beruhigend, weil es die wilden Tiere von uns fernhält.

Ich bin etwas außer Atem, als mich Tarabas eine letzte Anhöhe nach oben führt. Seine Schritte dagegen werden immer schneller und entschlossener, je näher wir dem Ziel kommen.

»Da ist es«, sagt er schließlich und ich sehe, wie er die Fackel in den Boden rammt, während ich das fehlende Stück über den schmalen Steig nach oben turne. Er ist mit dem Rücken zu mir stehen geblieben und beginnt, seine Riemen und das Leder abzulegen, während ich ihm mit ungläubigem Blick zusehe. Warum um alles in der Welt zieht er sich jetzt in der Nacht mitten im Wald seine Kleider aus? Es herrschen doch inzwischen kühle Herbsttemperaturen!

Dann tritt er zur Seite und ich kann die wundervolle Quelle sehen, aus der sich Schwaden von Dampf erheben, während ein leises Zischen und Blubbern die abendliche Stille bricht. Ein märchenhafter Anblick tut sich vor meinen Augen auf. Heißes Wasser, mitten im kühlen Herbstwald.

Mit einem Satz ist Tarabas im warmen Nass.

»Los komm rein, Darina!«

Auffordernd lächelt er mich an. Ich zögere noch, weil mir das dunkle Gewässer etwas unheimlich ist. Dann beginne ich aber doch meine Gewänder zu öffnen und folge ihm zur sprudelnden Quelle.

»Ist das nicht herrlich?«

Seine Augen funkeln mit den Sternen am Himmel um die Wette.

Es dauert, bis ich im Wasser bin. Das Bad ist so warm, dass ich mich nur langsam voran wage. Erst tauche ich nur eine Zehe ein, um zu prüfen, ob mich die Hitze verbrühen kann. Selbst wenn die heiße Quelle Tarabas nichts anhaben mag, bin ich mir nicht sicher, ob mein Körper ebenso viel aushalten kann. Als ich sehe, dass der Zehe nichts geschieht, lasse ich langsam den Fuß bis zum Knöchel, dann beide Beine bis zu den Knien folgen. Sicherheitshalber bleibe ich so lange auf den Steinen der Umgebung sitzen.

»Jetzt komm endlich rein Darina!«, lacht Tarabas und kommt an den Rand.

Mit einer schnellen Bewegung greift er meine Hüften und hebt mich zu sich ins Nass.

»Aah!« Überrascht kreische ich auf und Tarabas lacht. Ohne nachzudenken spritze ich ein wenig Wasser in seine Richtung. Ein Schwall retour zu mir folgt. Ganz der Krieger, der in ihm steckt, schleicht Tarabas um mich herum, abwartend, lauernd. Bis ihn ein neuer Wasserstrahl trifft. Wir spritzen und plantschen, bis wir beide von Kopf bis Fuß triefend nass sind. So kindisch und ausgelassen habe ich Tarabas schon lange nicht mehr erlebt. *Ein guter Ausgleich zu seinem ernsten Alltag,* denke ich. *Zu der Verantwortung, die er trägt und zu den schwierigen Entscheidungen, die er Tag für Tag treffen muss.*

Tarabas kommt näher und streicht mir eine klatschnasse Haarsträhne aus dem Gesicht.

»Ich liebe dich Darina«, sagt er und lächelt.

Die Gedanken rasen durch meinen Kopf, alles beginnt sich zu drehen. Meint er das so? Was bedeutet es, wenn ein Kral einer seiner Kralici seine Liebe gesteht? Liebt er alle seine Frauen gleichermaßen?

Meine Lippen finden seine und ich küsse ihn zärtlich. Ich drücke mich an ihn. Alles, um ihm nicht in die Augen sehen zu müssen, weil ich nicht will, dass er meine Zweifel darin abliest. Ich schmiege mich an seinen starken Oberkörper, drücke meine weichen Brüste gegen seine harten Muskeln. Mein Becken an seines. Doch er fasst an meinen Hals und schiebt mich von sich weg.

»Was muss ich tun, Darina?«

Er muss seine Frage nicht vervollständigen, damit ich verstehe, was er meint. Was braucht es noch? Was fehlt, damit ich ihm dasselbe sagen kann?

»Du weißt, was ich mehr als alles auf der Welt möchte.«

Meine Stimme ist nur ein Hauch an seinem Ohr, ein leises Stöhnen, weil ich spüren kann, wie sich mir seine Männlichkeit entgegenbäumt. Ich kann sie an meinem Bauch fühlen und plötzlich scheint das Wasser um uns herum noch um ein paar Grad wärmer zu werden. Ich will ihn spüren, ganz nahe bei mir. In mir. Ich möchte eins werden mit dem Mann, der mir in den letzten paar Wochen so viel näher gekommen ist als alle anderen zuvor. Seelisch und körperlich.

»Siehst du nicht, dass die anderen keine Rolle mehr spielen, Darina? Dass ich bei dir gefunden habe, was mir keine andere geben konnte? Dass ich sie nicht mehr angefasst habe, seit ich dich in mein Bett gelassen habe … und in mein Herz?«

Er verschlingt mich mit seinen Küssen, drückt mich so fest an sich, dass mir beinahe die Luft zum Atmen wegbleibt. Es ist mir egal. Was brauche ich noch Luft, wenn ich ihn habe?

Meine Beine schlingen sich um sein Becken, ungeduldig dränge ich mich seiner Erektion entgegen. Er vergräbt sein Gesicht zwischen meinen Brüsten. Saugt die kleinen Wassertropfen auf, die über meine Haut perlen. Er kostet von meinen Knospen, nimmt sie zwischen seine Zähne und jagt mir damit weitere Schauer der Begierde durch meine Glieder. Noch stärker presse ich mich ihm entgegen, bettle und flehe mit jeder Faser meines Körpers darum, dass er mich nimmt.

Das Gefühl, als er sich endlich in mich schiebt, ist himmlisch. Ein kehliger Laut entfährt mir, als er mich dehnt, lustvoll stöhne ich jede Erschütterung, jeden Stoß, der meinem Körper widerfährt, in die kühle Nacht. Mein Oberkörper peitscht auf das Wasser, während sich Tarabas nimmt, wonach er verlangt. Immer wieder spüre ich die Wellen über mein Gesicht klatschen, die Gischt, die sich auftut und unsere Liebe zu den Sternen trägt.

Sein Schwanz stößt unerbittlich in mich, immer fester und tiefer, während wir beide keuchen vor Hitze und Leidenschaft. Ich versinke unter Wasser, als es mir kommt. Mein Körper gibt das Beben nach außen weiter, lässt die Wellen um mich herum im selben Rhythmus schaukeln, als der Höhepunkt meinen Leib erschüttert. Ich bekomme kurzzeitig keine Luft, doch ich habe nicht das Gefühl zu ersticken, auch keine Angst unter Wasser zu sein. Je weniger Sauerstoff ich in den Lungen habe, umso mehr Sterne kann ich sehen. Desto näher fühle ich mich dem Himmel.

Tarabas' kräftige Hände heben mich nach oben und meine Lippen öffnen sich von selbst um nach Luft zu schnappen. Dann umarme ich ihn erneut, küsse ihn. Gebe mich hin und genieße seine letzten Stöße, bis auch er mit einem lauten Seufzen zum Höhepunkt kommt.

Der Wald fühlt sich kalt und dunkel an, als wir uns auf den Heimweg machen. Mein nasser Körper hat meine Kleider durchfeuchtet, mein nasses Haar hat den Stoff am Rücken getränkt. So nahe wie möglich dränge ich mich an Tarabas, versuche ein klein wenig von seiner Wärme abzubekommen. Mit seiner Fackel leuchtet er den Weg voran, während wir zügigen Schrittes zurück zu den Pferden eilen. Bis er plötzlich stehen bleibt und ich gegen seinen Körper pralle.

»Shh!«, ermahnt er mich und rammt mit einer schnellen Bewegung die Fackel in die Erde, sodass unser Licht erlischt.

Erschrocken sehe ich an ihm vorbei nach unten, um zu erkennen was er sieht: Es sind fast ein Dutzend Lichter, die vom Süden näher kommen. Eine Patrouille, die uns gewiss nicht wohlgesonnen ist, wenn ich die Reaktion meines Krals beobachte.

Tarabas legt seinen Finger auf meine Lippen, um mir nochmals zu signalisieren, dass ich bloß keinen Mucks von mir geben soll. Dann zieht er mich hinter sich her zwischen die dichten Büsche. Ihre Zweige und Blätter verstecken uns und bieten Schutz, ohne uns die Sicht auf die Männer zu nehmen, die immer näher kommen.

»Das sind Naori«, flüstert mir Tarabas zu. »Die haben hier nichts verloren! Das ist mein Gebiet!«

Munter plaudernd ziehen die Männer an uns vorüber. Sie tragen Felle, einiges an Ausrüstung und Vorratsbeutel mit Proviant. Es scheint, sie haben bereits einen längeren Marsch hinter sich. Eine Erkundungstour?

Der letzte Mann ist gerade vorüber, ohne uns entdeckt zu haben, als es passiert: Ich muss niesen. Sofort drücke ich die Hand gegen meine Nase, versuche das Schlimmste zu verhindern. Dennoch hört der Krieger den Laut, hält an und sieht misstrauisch in die Dunkelheit.

Ein zweiter Mann ist zu ihm getreten, ich sehe, dass sie sprechen, kann aber kein Wort verstehen. Die anderen gehen weiter, doch die beiden kehren um. Oh verdammt! Mein Herz beginnt zu rasen. Sie gehen genau in unsere Richtung, kommen immer näher, bis sie nur noch wenige Schritte von unserem Versteck trennen. Dann bleiben sie stehen.

Fast synchron heben beide ihre Speere und beginnen wahllos damit in die Büsche um sich zu stoßen, einer auf der rechten Seite, der andere links.

Tarabas Hand schnellt auf meinen Mund und ich werde unvermittelt von ihm auf den Boden geschleudert. Sein Körper liegt auf mir, als die tödlichen Spitzen wenige Zentimeter über uns durch die Büsche dringen.

Der Moment, den wir am Boden liegen, ich unter ihm, geschützt durch seinen Körper, scheint mir endlos. Ruhig ruht seine Hand auf meinen Lippen, verhindert jeden Laut, auch wenn ich ohnehin niemals gewagt hätte auch nur geräuschvoll zu atmen. Sein Blick ist klar und schneidend. Lauernd. Aber nicht ängstlich, so wie meiner. Ich weiß, dass er kämpfen wird, wenn es nötig ist. Jede Faser seines Körpers ist gespannt und bereit zu tun, was getan werden muss.

Doch dazu kommt es nicht. Die beiden Krieger geben auf, weil sie nicht finden, was sie zu suchen geglaubt haben und kehren uns den Rücken, um ihren Kumpanen zu folgen.

»Ich weiß nicht, was die hier wollten«, sagt Tarabas, als wir später zurück zu unseren Pferden kommen. »Aber ich werde es bald herausfinden.«

Ich persönlich bin einfach nur froh, dass die Männer weg sind, und dass wir bald die sichere Lichtung erreichen. Erst im Mondschein fällt mir auf, dass der Speer einen kleinen, blutenden Schnitt in den Rücken des Krals gerissen hat. Nicht einmal er selbst scheint die Verletzung bemerkt zu haben - oder zumindest kann er solche Dinge gut wegstecken.

STUNDE
DER WAHRHEIT

»Warum hast du deinem Vater gesagt, ich wäre krank gewesen?«, frage ich Dimitras am nächsten Morgen, als wir vor den Pferdeboxen stehen. »Wieso hast du für mich gelogen?«

»Du hast mich darum gebeten, schon vergessen?«

»Es tut mir leid«, sage ich, »ich hätte dich da nicht mit hineinziehen sollen. Ich hätte nicht verlangen dürfen, dass du deinen eigenen Vater belügst!«

»Schon gut«, lächelt er, »Ich hätte dich sowieso nicht auffliegen lassen! Du kannst dich auf mich verlassen, Darina. Immer!«

Ich weiche ein Stück weit zurück, als er seine Hand auf meine legt, doch er lächelt nur und gibt mir einen Klapps auf die Schulter.

»Los, wir reiten runter zum Fluss. Wer als Erstes dort ist!«

Diese Herausforderung nehme ich gerne an. Ich schwinge mich in den Sattel und Altinda folgt in knappem Abstand seinem Schimmel über die Wiesen in den Süden.

Auf dem schmalen Weg durch die Kornfelder kann ich ihn einholen, fast sogar in Führung gehen. Doch er ist gut und sein Schimmel schnell und wendig. Geschickt drängt er mich ab und lässt mir keinen Platz, an ihm vorbeizukommen. Seinen Vorsprung behält er bei, bis wir keuchend den Waldrand erreichen. Knapp vor dem Ziel wird er dann plötzlich langsamer, so dass ich mühelos an ihm vorbeireiten kann.

»Du hast mich gewinnen lassen!«, stelle ich empört fest, als er lachend hinter mir vom Pferd steigt.

»Nicht doch, du warst wirklich gut Darina.«

»Trotzdem!«

»Es ist Sieg genug, dich lächeln zu sehen!«

Er nimmt mir Altindas Zügel aus der Hand, führt sie neben seinem Schimmel zum Tränken an den Fluss und bindet beide an einem Ast fest.

»Wie soll ich lächeln, wenn mein Sieg nicht ehrlich verdient war?«

»Versuch trotzdem zu lächeln«, meint er, während er wieder an meine Seite eilt, um mit mir gemeinsam noch ein Stückchen weiter bis zu unserer Lieblingsstelle am Fluss zu spazieren.

»Ich mag dein Lächeln, es ist hübsch«, sagt er, als wir stehenbleiben.

»Danke.« Ich bemühe mich ihn nicht zu enttäuschen.

Dimitras' Augen bleiben an meinen hängen. Dann plötzlich lehnt er sich nach vorne und ehe ich reagieren kann, spüre ich seine Lippen auf meinen. Erschrocken stoße ich ihn zurück.

»Was zum Teufel tust du da?«

Irritiert über die plötzliche Abfuhr sieht er mich an und einen Moment lang bekomme ich Mitleid mit ihm. Doch gleich darauf entspannen sich seine Gesichtszüge wieder.

»Es tut mir leid Darina, ich denke, ich hab da wohl etwas falsch verstanden.«

»Allerdings!«, sage ich, noch immer geschockt. »Ich bin die Frau deines Vaters, Dimitras! Eine Kralica! Zwischen uns wird nie mehr als Freundschaft sein!«

»Ach komm schon Darina, du weißt genauso gut wie ich, wie viele Frauen mein Vater hat! Er ist kein guter Mann für dich!«

»Was willst du schon von Männern wissen? Werd doch erst einmal erwachsen!«

Wütend drehe ich mich um und gehe zurück in Richtung unserer Pferde. Plötzlich packt er mich am Arm und zieht mich zu sich.

»Wage es nicht mich einfach so stehen zu lassen Darina! Ich ertrag das nicht noch einmal!«

»Hör auf dich wie ein dummes Kind zu benehmen!«, schimpfe ich, inzwischen ohne jegliche Selbstbeherrschung.

»Sag nicht, dass ich ein Kind bin! Du bist genau wie sie!«

Seine Augen sind jetzt weit aufgerissen und ich kann den Ärger und die Enttäuschung deutlich darin lesen. Wütend ballt er seine Hand zu einer Faust, während er die zweite nicht von meinem Handgelenk nimmt.

»Wie wer?«, frage ich und bemühe mich, meine Stimme wieder etwas ruhiger und sanfter klingen zu lassen.

»Savanna«, antwortet er schließlich.

»Savanna? Du warst in Savanna verliebt?«

Ich kann sehen, wie sich seine Augen dunkel färben und feucht werden, als die Trauer über ihn kommt.

»Mein Gott Dimitras, was ist passiert?«

»Ich wollte ihr nicht weh tun! Ich hatte sie doch so gerne!«

Ich streichle über seine Hand, versuche ihn zu beruhigen.

»Sie hat gesagt, ich wäre nur ein törichter Junge, ein Kind des Teufels noch dazu. Sie hat über mich gelacht, Darina!«

Er schüttelt den Kopf, sichtlich bemüht, die Tränen zurückzuhalten.

»Ich wollte ihr doch nicht weh tun! Es war ein Unfall! Ich hatte doch nicht ahnen können, dass sie auf den blöden Stein fällt, als ich sie gestoßen habe! Das wollte ich nicht Darina, das musst du mir glauben!«

Ich lasse zu, dass mich Dimitras in seine Arme zieht. Ich bin sicher, dass er mir nichts tun wird und ich glaube ihm auch, dass er Savanna nichts tun wollte. Er war noch ein Kind. Ein törichter Junge! Trotzdem weiß ich, dass ich mein Wissen nicht länger für mich behalten kann.

Es sind einige Tage vergangen, bis mein Entschluss steht, aber als ich endlich auf dem Weg zu ihm bin, weiß ich, dass ich richtig handle.

»Ich muss mit Euch sprechen, mein Herr!«

Tarabas blickt vom Tisch hoch, überrascht, dass ich es gewagt habe, einfach so ohne Einladung oder Voranmeldung in sein Beratungszimmer zu kommen.

»Was ist so wichtig, dass du mich bei meiner Arbeit störst?«

Seine Stimme ist ernst, er klingt gereizt. Wahrscheinlich ist gerade überhaupt nicht der richtige Zeitpunkt, ihm meine Beobachtungen zu gestehen, aber ich kann einfach nicht mehr warten. Das Wissen brennt mir wie Säure in der Brust, es lässt mir keine Luft zum Atmen und es lässt mich nicht zur Ruhe kommen.

»Verzeiht, mein Kral, aber ich muss Euch die ganze Wahrheit erzählen.«

Mit einer einzigen Handbewegung deutet er mir, die Türen zu schließen und näher zu kommen. Vor seinem Tisch falle ich auf die Knie.

»Ich kann nicht länger schweigen«, sage ich, »Ich will Euch sagen, was ich gesehen habe und was Endea, meiner Dienerin, zugestoßen ist. Ich kann meinen Schwur nicht mehr länger halten. Es tut mir so leid, dass ich nicht eher zu Euch gekommen bin!«

»Setz dich, Darina«, sagt Tarabas, nun weniger förmlich, und dirigiert mich auf den Stuhl neben seinem Tisch. »Du kannst mir alles sagen!«

Die bedrückende Wahrheit, die ich so lange in mir trug, begraben ganz tief in meinem Inneren, wo sie mir auf den Magen schlug und mich langsam vergiftete, sprudelt nun endlich aus mir heraus, wie ein brodelnder Vulkan. Ich erzähle ihm alles, lasse nichts aus, was ich von Zatira gesehen habe. Ihr sündhaftes Treiben mit der Schlange, der Schock als ich die beiden überraschte. Die schreckliche Bestrafung an Endea. Meine Stimme zittert, als ich über die arme Zofe spreche, eine Träne kullert mir über die Wange und lässt mich wieder einmal verfluchen, dermaßen nahe am Wasser gebaut zu sein.

Tarabas greift nach meiner Hand und streicht beruhigend darüber.

»Ich bin froh, dass du zu mir gekommen bist!«

Ich sehe ihn an, versuche seinem Gesicht eine Reaktion zu entnehmen. Glaubt er mir? Ist er entsetzt von seiner Kralica? Von ihrem Husaren? Wird er sie richten?

Er fixiert mich mit seinen Bernsteinaugen, doch ich kann noch immer keine Regung sehen. Keine Wut. Keine Raserei.

»Glaubt Ihr mir nicht?«, frage ich unsicher.

»Doch Darina. Ich glaube dir. Aber deine Geschichte ist mir nicht neu.«

Nicht neu? Ungläubig starre ich ihn an. Wie kann er davon wissen? Das Geheimnis teilen doch nur Endea und ich!

»Ich habe schon lange vermutet, dass sie sich mit jemandem trifft, Darina, und es ist mir egal. Ich kann es ihr noch nicht einmal verübeln.«

An meinem Blick kann er die Fragen ablesen, die mehr geworden sind, seit er angefangen hat zu erklären, statt weniger.

»Weißt du, mit Zatira war das nicht so wie mit dir. Wir wurden verheiratet, da war ich nicht älter als Dimitras heute. Ich habe sie nicht geliebt, noch nicht einmal gekannt und sie mich genauso wenig. Alle dachten, dass wir schon zusammenwachsen würden. Das funktionierte doch schon über Generationen, dass Paare vermählt wurden - um den Frieden zu sichern, um Güter zu vermehren oder weiß der Teufel warum noch - und dass sie mit der Zeit lernten, sich zu lieben. Aber bei uns war das nicht so. Zatira und ich sind wie Tag und Nacht. Wir funktionieren nicht miteinander. Aber wir haben eine Abmachung getroffen.«

Er unterbricht kurz, um einen Schluck aus seinem Krug zu nehmen, hält mir den Wein vor die Nase. Dankend schüttle ich den Kopf.

»Nun ja«, fährt er fort, »Ich habe versprochen, Ihr die Ehre der ersten Kralica zu lassen und sie nicht zu verstoßen, im Gegenzug dafür, dass sie mir einen Erben geschenkt hat und unsere Ländereien in Frieden vereint wurden. Doch ich fürchte, ich kann diesen Schwur jetzt nicht länger halten.«

»Aber was ist, wenn Dimitras…«

»Schweig!«, fährt er mich unverhofft an, so scharf, dass ich zusammenzucke.

»Halt meinen Jungen da raus«, fügt er etwas milder hinzu. »Ich denke, es ist besser, du gehst jetzt Darina. Ich habe schon zu viel gesagt.«

So schnell bin ich allerdings nicht bereit aufzugeben.

»Was ist mit dem Husaren? Was ist mit dem, was er Endea angetan hat?«

»Das, was du erzählst ist ein schlimmes Verbrechen, das ich in meinem Land auf keinen Fall dulden werde. Sein Verhalten wird schwerwiegende Konsequenzen nach sich ziehen. Ich werde mich darum kümmern Darina.« Mit einem Blick auf das Papier vor ihm fügt er hinzu: »Das muss allerdings noch etwas warten, ich habe gerade ein wesentlich dringenderes Problem zu lösen.«

Ich bin irritiert, aber dennoch erleichtert, als ich den Raum verlasse, froh, dass ich meine Geschichte endlich losgeworden bin. Auch wenn die Reaktion gänzlich anders war als erwartet. Vor allem die Gewissheit, die Tarabas zu haben scheint, dass Dimitras sein Sohn ist. Wie kann er da so sicher sein? Noch dazu, wo der Junge ihm doch überhaupt nicht ähnelt? Ich bereue, dass ich ihm nicht gleich von Savanna erzählt habe. Aber irgendetwas sagt mir auch, dass es besser war, diesen Teil vorerst noch für mich zu behalten.

Als ich zurück auf mein Zimmer komme, liegt ein verschnürtes Paket auf meinem Bett. »Darina« steht auf einem Kärtchen, das daran geschnürt ist. Neugierig löse ich die Fäden und lüfte den Stoff. Mein Kleid! Das Kleid für das Erntedankfest!

Begeistert halte ich die Robe an mir hoch und schwinge mich damit im Kreis. Es ist wunderschön. Und es ist nicht violett wie die Kleider der anderen Kralici! Wie pures Gold fällt es in zarter Seide an mir hinunter. Leuchtend. Strahlend. Am oberen Ende sind winzige Edelsteine eingearbeitet. Amethysten in strahlendem Violett und Smaragde in leuchtendem Grün.

Ich drehe mich noch einmal mit dem Kleid um meine eigene Achse, fasziniert und dankbar für das wundervolle Geschenk. Doch dann bleibe ich abrupt stehen. Einen Moment lang treffen meine Augen ihre. Eiskalt ist der Blick von Zatira, mit dem sie vom Gang zu mir herüber sieht. Verdammt wütend. Sie sagt nichts, sondern dreht am Stand um und geht wieder.

LICHT
UND SCHATTEN

Aus der Luke kann ich sehen, wie sich das Laub der Bäume langsam färbt. Gelb und orange sind die Blätter, manche ziert auch ein tiefes Rot. Das Land sieht wunderschön aus um diese Jahreszeit, auch wenn sie viel zu rasch vorüber sein mag und bald der Winter folgt. Ich freue mich nicht auf den Winter, das habe ich nie getan. Die Vögel finden kaum mehr etwas zu essen, die Kälber und Lämmer, die bis dahin nicht stark genug sind, begegnen ihrem sicheren Tod im Schnee. Als wir noch Kinder waren, haben Timotei und ich einmal einen Igel gefunden. Es war spät im Herbst, bestimmt schon November, und das kleine Tier war so zart und schwach, dass es noch nicht einmal meine kleine Kinderhand ausfüllte. Keine Mutter war weit und breit zu sehen, also beschlossen wir, uns selbst dem kleinen Tier anzunehmen und ihm einen Unterschlupf für die Frosttage zu bauen. Es wurde ein prächtiges kleines Igelhaus, Timotei legte sich bei der Konstruktion ordentlich ins Zeug. Es gab ein Schlafhaus mit Nistmaterial, oben geschützt von Blättern und Zweigen. Wir betteten das kleine Tier für seinen Winterschlaf, stellten Futter und Wasser bereit, falls es aufwachen würde. Jeden Tag liefen wir los, um unseren kleinen Freund zu besuchen. Bis dann tatsächlich der Winter da war und seine kleine Behausung unter einer dicken Schneedecke begrub. Unser Häuschen hatte der Witterung nicht standgehalten, war zusammengebrochen unter der schweren Last und der kleine Igel war erfroren.

»Darina, wollen wir zum Fluss reiten?«

Dimitras steht in der Tür und sieht mich auffordernd an. Seufzend trete ich von der Luke zurück und sehe in seine strahlenden blaugrünen Augen. Sein Geständnis wegen Savanna liegt einige Zeit zurück und im Grunde bin ich froh, dass wir wieder normal miteinander umgehen - auch wenn ich aus dem Jungen noch immer nicht schlau werde. Für den Moment allerdings scheint es mir klüger, ihn zum Freund zu haben, statt zum Feind. Feinde habe ich hier wahrlich schon genug.

Ich folge Dimitras nach draußen zu den Ställen, wo Altinda schon ungeduldig auf mich wartet. Sie ist an unsere täglichen Vormittagsrunden inzwischen genauso gewöhnt wie ich. Heute wirkt mein Mädchen allerdings besonders ungeduldig und zappelig, sie scheint die Bewegung fast noch dringender zu brauchen als sonst.

»Ruhig meine Hübsche«, versuche ich sie zu beruhigen und streiche ihr über das goldene Fell.

Munter trabt die Stute los, Dimitras ist heute ganz galant und lässt uns den Vortritt. In flottem Galopp überqueren wir die Wiesen und Herbstfelder, sehen ein paar letzte Bauern bei der Ernte. Dann lassen wir die Äcker hinter uns und kommen zum Waldrand, wo uns unser Weg über Stock und Stein weiterführt bis zum großen Pretofluss. Mein Blick verliert sich wieder in den Baumkronen, ich sehe eine Amsel, die uns von ihrem Platz ganz hoch oben in der Baumkrone zu beobachten scheint. Einen Augenblick lang lasse ich mich von ihrem Gesang ablenken, frage mich, was uns der gefiederte Bote wohl mitteilen möchte. Da passiert es - Altinda scheut und ich falle in hohem Bogen von ihrem Rücken. Das Ganze geht so schnell, dass ich überhaupt keine Möglichkeit habe zu reagieren, die Zügel zu greifen oder mich sonst irgendwie festzuhalten. Ich stürze zu Boden und habe noch Glück im Unglück, weil ein großer Strauch meinen Fall abbremst und gerade noch verhindert, dass ich im Wasser lande.

»Mein Amulett!«, kreische ich auf und versuche noch nach der goldenen Kette zu greifen, doch meine Finger verfehlen sie knapp. Hilflos muss ich mitansehen, wie Großmutters Talisman im Fluss versinkt.

»Darina, bist du verletzt?«

Dimitras springt neben mir von seinem Schimmel und versucht mich hochzuziehen.

»Mir geht's gut, aber mein Amulett!«, jammere ich.

Ich kann nicht glauben, dass die letzte Erinnerung an meine geliebte Nonna gerade im wahrsten Sinne des Wortes den Bach runter geht.

»Warte hier«, sagt Dimitras und reißt sich das Leinenhemd vom Körper.

»Nicht!«

Noch bevor ich ihn aufhalten kann, stürzt er sich ins kalte Wasser. Das ist nicht gut. Gar nicht gut! Das Wasser ist längst nicht mehr warm genug zum Baden, ganz abgesehen davon, dass es in dem Strom nahezu unmöglich ist, irgendetwas wieder zu finden. Er könnte abrutschen. Auf einen Stein fallen. Sich sonst irgendwie verletzen, und es wäre meine Schuld! Das würde Tarabas mir nie verzeihen!

Mit einer raschen Bewegung bin ich zurück auf den Beinen und blicke mich suchend nach Dimitras um. Natürlich müsste ich auch schleunigst nach meinem Pferd sehen, aber das hier hat Vorrang.

»Verdammt Dimitras, komm raus!«, schreie ich und suche panisch nach seinem kupferfarbenem Haarschopf.

Ich kann ihn nicht entdecken! Meine Augen fliegen über das Wasser, aus dem zwei große, spitze Steine ragen.

»Dimitras!«

Er ist von der Bildfläche verschwunden. Untergetaucht! Ich schicke ein Stoßgebet in den Himmel, dass ihm nichts passiert ist. Das ist meine Schuld, ich hätte ihn davon abhalten müssen! Nicht einmal das geliebte Schmuckstück meiner Nonna ist es wert, dass er sich in Gefahr bringt!

»Ich hab's!«

Triumphierend streckt Dimitras seine Hand mit dem goldenen Medaillon aus dem Wasser.

»Dimitras, Gott sei Dank!«

Ich halte ihm meine Hand entgegen, um ihm aus dem Wasser zu helfen, doch er macht einen schnellen Satz und hat sich schon zurück an Land gezogen.

»Eure Hoheit«, flötet er schmunzelnd und verbeugt sich vor mir, ehe er mir meinen geliebten Glücksbringer in die Hand legt.

»Vielen Dank!«, sage ich, noch immer außer Atem von der Aufregung.

Ich kann nicht anders und drücke den triefend nassen Burschen an mich.

»Hast du die Schlange gesehen?«, fragt er, als ich ihn loslasse.

»Schlange?«

»Ja, eine große Schlange. Sie war am Wegrand, deshalb ist dein Pferd durchgegangen.«

Dimitras dreht sich weg, um nach seinem Leinenhemd zu greifen, das er vorhin achtlos auf den Boden geworfen hatte. Als er sich bückt, sehe ich seinen Rücken und erstarre.

Das Zeichen des Teufels, schießt es mir durch den Kopf. Der große Fleck auf seinem unteren Rücken, knapp über dem Gesäß ... das muss derselbe Fleck sein, den Endea beim Husaren gesehen hat. Kind des Teufels, hat Savanna gesagt. Ach Herrje, jetzt verstehe ich was sie meinte!

Den ganzen Nachmittag laufe ich nervös die Gänge der Burg auf und ab. Überlege, wie ich mit meinem Wissen umgehen soll. Ist der Fleck tatsächlich der fehlende Beweis, dass Dimitras nicht der Sohn des Krals ist? Oder ist alles bloß ein Zufall? Wenn ich mit meiner Vermutung tatsächlich richtig liegen sollte, dann würde das alles ändern. Alles!

Ich muss es ihm sagen, denke ich, *ganz gleich, wie er reagiert.* Wenn ich ihm gesagt habe, was ich weiß, dann ist es an ihm zu entscheiden, wie er damit umgeht. Und ich bin sicher, dass Tarabas das Richtige tun wird.

Entschlossen gehe ich den Gang hinunter zum Ratssaal. Die Tür ist nur angelehnt und ich will gerade daran klopfen, als ich eine wohl bekannte Stimme höre, die mich davon abhält. Ihre Stimme. Die böse, kalte Stimme von Zatira.

»Du musst handeln!«, höre ich sie sagen. »Besser heute als morgen. Du musst die Reise ins Land der Naori zur Friedensverhandlung nutzen!«

Überrascht bleibe ich stehen und lege meinen Kopf an die Tür. Ich weiß, dass es ganz und gar nicht tugendhaft ist zu lauschen, aber ich muss wissen, was sie und Tarabas zu bereden haben.

»Wenn du bis nach dem Erntedankfest wartest, könnte es zu spät sein,« fährt sie fort. »Dann geht es nicht nur dir an den Kragen, sondern auch mir und vielleicht sogar Dimitras! Du musst an unseren Sohn denken!«

Falsche Hexe, denke ich mir. *Jetzt schiebt sie den Jungen vor, der noch nicht einmal sein leiblicher Sohn ist. Das ist wirklich das Allerletzte!* Mich würde bloß interessieren, wieso der Kral mit ihr überhaupt über seine politischen Intentionen spricht. Mit mir redet er niemals über solche Themen. Ich spüre, wie sich ein Kloß in meinem Hals bildet. Das Gefühl, dass es Bereiche in seinem Leben gibt, die er lieber mit ihr teilt, als mit mir, ist schmerzlich. Sie ist schon lange hier, die beiden haben eine gemeinsame Vergangenheit. Wahrscheinlich haben sie schon viele Kriege miteinander überstanden. Trotzdem fühle ich mich nicht wohl bei dem Gedanken, dass er sich von ihr Rat holt, während er mich mit seinen Problemen verschont wie ein kleines Kind. Als ob ich nicht damit klarkommen würde, zu wissen, dass uns vielleicht bald ein Krieg ins Haus steht!

Ohne seine Antwort abzuwarten, drehe ich um und gehe zurück auf mein Zimmer. Ich muss ihm zeigen, dass er mit mir über alles sprechen kann. Er hat viel für mich getan. Es ist an der Zeit, dass ich etwas für ihn tue.

Als ich bis zum Abendbrot nichts von Tarabas höre, werde ich nervös. Ich habe ihn den ganzen Tag nicht zu Gesicht bekommen und die Last meines Wissens brodelt in mir.

Ich beschließe noch einen weiteren Versuch zu wagen und begebe mich abermals zum Ratssaal des Krals. Dieses Mal ist die schwere Tür allerdings verschlossen. Ich nehme meinen Mut zusammen und klopfe gegen das dunkle Holz. Einmal, zweimal. Ein Diener eilt heran, um mir zu öffnen. Erschrocken bleibe ich im Eingang stehen, als ich sehe, in welche Beratungsrunde ich geplatzt bin. Vier Krieger zähle ich, die sich um ihren Anführer scharren, sie scheinen allesamt in einen heftigen Disput vertieft und mir steht es keinesfalls zu, sie zu unterbrechen. Mit hochrotem Kopf stammle ich eine Entschuldigung, verneige mich und beeile mich wieder nach draußen zu kommen. Wie peinlich! Jetzt müssen die anderen denken, dass seine fünfte Kralica überhaupt keine Manieren besitzt!

Der Abend vergeht, ohne dass er sich noch einmal bei mir meldet. Frustriert sitze ich in meinem Zimmer, sehe der Sonne zu, wie sie untergeht und dem Mond, wie er aufsteigt. Wieder wird mir bewusst, wie alleine ich mich hier fühle, vor allem seit Endea fort ist. Ich frage mich, wie es meiner Familie geht. Ella. Timotei. Ob sie manchmal an mich denken? Vier Monde ist es her, dass ich sie zum letzten Mal gesehen habe. Doch in der Zwischenzeit ist so viel geschehen, dass es mir eher vorkommt wie ein halbes Leben. Wie gerne würde ich Tarabas bitten, dass ich noch einmal zu ihnen darf, bevor der Winter über das Land hereinbricht und eine Reise noch weiter erschwert. Doch so, wie ich ihn heute gesehen habe, ist wohl kaum der richtige Zeitpunkt, ihn mit meinen Wünschen zu quälen. Ich fürchte, bis der Krieg abgewendet oder ausgestanden ist, muss ich mich wohl oder übel damit abfinden hier zu bleiben und meiner Einsamkeit zu frönen. Zumindest das Erntedankfest am nächsten Sonnabend scheint mir ein erfreulicher Lichtblick … ganz besonders seit ich das wunderschöne Kleid gesehen habe, das Tarabas für mich ausgesucht hat.

Am nächsten Morgen wage ich einen neuen Versuch und bitte den Kral abermals um Audienz.

»Es tut mir leid, Darina, ich weiß du wolltest mit mir noch etwas besprechen. Momentan ist so viel zu tun, da habe ich keinen Kopf für Familienangelegenheiten. Wir unterhalten uns am Sonnabend, gleich nach dem Erntedankfest, versprochen!«

Tarabas hebt den Kopf von seinen Unterlagen, um mich anzusehen. Ein kleines Lächeln zeigt sich auf seinen Lippen, als er das hübsche, pfirsichfarbene Kleid erblickt, dass ich auch in unserer ersten Nacht getragen habe.

»Ich möchte gerne, dass du mir heute Nacht Gesellschaft leistest. Ich reite morgen Früh nach Efferston, zum Haus der Naori. Es soll Verhandlungen geben, vielleicht können wir den Krieg abwenden bevor es zu spät ist.«

Ins Naori-Land? *Das sind keine guten Nachrichten,* denke ich und kann nicht verhindern, dass er mir die Sorge aus dem Antlitz abliest.

»Mach dir keine Gedanken, Darina. Es sind Friedensverhandlungen. Sie wollen keinen Krieg mit uns.« Er schenkt mir ein verschmitztes Lächeln. »Trotzdem werde ich ein paar Tage fort sein, deshalb hätte ich dich heute Nacht gerne bei mir!«

»Ja natürlich, mein Kral«, sage ich und sofort breitet sich ein aufregendes Kribbeln in meinem Bauch aus.

DIE GIER
NACH BLUT

Eine einsame Öllampe wirft Licht in den Raum und lässt seine Haut bronzefarben glänzen. Er ist unbekleidet, nur die Drachentätowierung ziert seine muskulöse Brust. Wieder einmal bleibt mir beim Anblick seines Körpers der Atem weg. Die breiten Schultern und die starken Arme strahlen so viel Schutz und Geborgenheit aus, dass ich mich an ihn kuscheln möchte und ihn bitten, mich nie wieder loszulassen. Die langen, kräftigen Beine hat er ausgestreckt, präsentiert mir offen und ungeniert seinen eindrucksvollen Speer, der fähig ist, so unendlich viel Lust zu bereiten.

»Los zieh dich aus und gesell dich zu mir«, sagt er, weil ich noch immer in der Tür stehe und ihn mit offenem Mund ansehe, anstatt ihn höflich zu grüßen.

Ich höre, wie die schwere Tür hinter mir zufällt und trete ein paar Schritte näher an das freistehende Bett heran, bleibe jedoch weit genug fort, dass er nicht sofort nach mir greifen kann. Ganz langsam beginne ich, meine Kleider abzulegen. Schicht für Schicht, Knopf für Knopf. Ich wiege mich sanft im Takt einer imaginären Melodie, drehe mich vor ihm und gebe ihm von allen Seiten kleine Einblicke unter meine Gewänder.

Tarabas lacht und ein rascher Blick auf sein bestes Stück bestätigt mir, dass ihm mein Auftritt gefällt. Also drehe ich mich noch einmal, tanze vor ihm in langsamen Schritten auf und ab, während ich neckisch den Träger meines Kleides über die Schulter schiebe und eine erste Brust für ihn entblöße.

Er grölt und spornt mich an weiterzumachen, ihm mehr nackte Haut zu zeigen. Ihm alles zu zeigen. Noch lasse ich ihn warten, zögere das Spiel ein klein wenig weiter hinaus. Ich hebe die langen Röcke hoch, lasse ihn einen Blick auf mein nacktes Bein und den Hintern erhaschen. Dann verdecke ich die Stelle sofort wieder, um ihm dafür meine zweite Brust zu zeigen.

Ich kann sehen, dass es ihn juckt und dass er nicht mehr länger widerstehen kann. Unruhig rutscht er auf seinem Bett hin und her, bis er endlich aufspringt und sich auf mich stürzt. Von hinten umarmt er mich, hält mich fest. Und reißt mit einem Ruck das Kleid von meinem Körper. Ich kann seinen heißen Atem an meinem Nacken fühlen, hinter meinem Ohr. Die geschmeidigen Brustmuskeln, die sich an meinen Rücken schmiegen. Sein hartes Glied an meinem Po. Seine Arme schlingen sich um mich, seine Hände fassen zielstrebig nach meinem Busen, streifen über die harten Knospen. Er knetet meine Weiblichkeit, massiert und streichelt mein Fleisch, bis ich selbst laut stöhne vor Lust. Dann dreht er mich mit einer schnellen Handbewegung zu sich um.

Unsere Blicke treffen sich, er beugt seinen Kopf und küsst mich leidenschaftlich auf den Mund. Seine Zunge spielt mit meiner, erst sanft, dann immer wilder und leidenschaftlicher. Ich reiße mich los von seinen Lippen, lasse meine Küsse über seine Brust wandern, über den muskulösen Oberkörper, den Bauch und seine Leisten hinunter, bis ich vor ihm auf die Knie sinke. Sein Schwanz zuckt aufgeregt, als sich mein Gesicht nähert, springt mir ungeduldig entgegen. Ich sehe zu meinem Kral auf, blicke ihm tief in die Augen, während ich einen ersten Lusttropfen von seiner Spitze lecke. Ich möchte ihm zeigen, wie sehr ich genieße, was ich hier mache. Er stöhnt auf, als ich seine dicke Eichel zwischen meine Lippen nehme. Ganz langsam lasse ich seinen Schaft in meinen Mund gleiten, massiere gleichzeitig mit einer Hand seine Hoden und mit der anderen seinen muskulösen Hintern. Ich kann ihn stöhnen hören, als ich ihn tiefer in meinen Mund nehme und ihn dabei immer fester umschließe.

Ich schmecke seine überwältigende Männlichkeit, sauge sein Aroma ein und spüre, wie die Lust meine eigenen Sinne benebelt. Sein Atem kommt abgehackt, ich spüre, dass es nicht lange dauern wird. Doch Tarabas stoppt mich.

Er greift um meine Taille, die er mit seinen großen Händen fast vollständig umschließen kann, hebt mich hoch und wirft mich in die Mitte seines großen Bettes. Ich falle weich in die Kissen, stütze mich im samtenen Meer aus schwarzen und goldenen Stoffen ab, um mein Gleichgewicht wieder zu finden. Er nähert sich langsam, lässt mit geschmeidigen Bewegungen seine Muskeln spielen, während er auf mich zukommt wie eine Raubkatze. Die bernsteinfarbenen Augen fixieren mich. Verschlingen mich. Seine Männlichkeit wippt im sanften Takt seiner Schritte.

»Öffne dich für mich, schöne Kralica«, verlangt er und ich spreize meine Beine so weit ich kann.

Das Blut rauscht durch meinen Körper, als würde es kochen. Mein Geschlecht pocht, ich kann fühlen, wie meine Säfte fließen und mich feucht und bereit machen für meinen Kral.

»Wunderschön«, raunt er, während er zu mir steigt und sich zwischen meine Beine legt. Sofort kann ich seinen Schwanz spüren, der sich dick und fest gegen mein Geschlecht drückt.

Er sieht mir tief in die Augen, als er in mich stößt. Registriert das Zucken und auch den kleinen Klagelaut auf meinen Lippen. Er dehnt mich, reibt mich und füllt mich herrlich aus mit seiner Größe und Stärke. Mit jedem Stoß stöhne ich lauter und schneller.

Er hebt meine Beine auf seine Schultern, dringt noch weiter in mich ein als zuvor. Ein lautes Seufzen entkommt mir, es ist herrlich, ihn so tief in mir zu fühlen. Noch einmal nähern sich seine Lippen meinen und seine Zunge tut mit meinem Mund das Gleiche wie sein prächtiger Speer mit meiner Scheide. Er nimmt mich so wild, so animalisch und leidenschaftlich, dass ich das Gefühl habe zu zerbersten wie eine Welle an der Felswand. Ich kann nicht mehr, ich schreie meine Lust lauthals heraus, als ich komme. So unbeherrscht und so laut, dass er meine Schreie mit einem weiteren Kuss ersticken muss. Mein Körper bebt und zuckt unkontrolliert unter seinem, vor meinen geschlossenen Augen kann ich bunte Farben flimmern sehen. Gelb wie die Sonne. Orange wie das Feuer. Rot wie die Glut.

Er hört nicht auf, gönnt meinem zitternden Körper keine Pause, sondern hält mir einfach die Arme über dem Kopf zusammen und macht weiter. Ich denke, ich ertrage nicht mehr, halte keinen einzigen Stoß mehr aus, doch er reizt mich bis zu meiner Grenze und dann noch ein Stück darüber hinaus. Ich lasse mich von den Farben führen, während ich mich seinen Stößen hingebe, die jetzt schneller und härter seinen bevorstehenden Höhepunkt ankündigen. Gelb, Rot und Orange vermengen sich vor meinen Augen zu einer unsäglichen Spirale der Lust. Alles dreht sich, mir wird schwindlig und noch während ich spüre, dass Tarabas seinen Samen in mich verströmt, packt mich ein zweiter Orgasmus.

Erschöpft liege ich neben ihm im Bett, während sich meine Atmung langsam normalisiert. Nie hätte ich es für möglich gehalten, dass ich dieses Gefühl, dieses unglaublich intensive Gefühl der Erlösung, gleich zweimal hintereinander spüren könnte. Aber andererseits - warum wundere ich mich noch? Ich hätte vieles nicht für möglich gehalten, und doch ist es in den letzten Wochen und Monaten passiert.

Tarabas dreht sich zu mir, seine Hände spielen mit einer blonden Locke und er lächelt mich an.

»Du bist wunderschön, wenn du geliebt wirst. Ich liebe es, dich so glücklich zu sehen.«

Ich sehe ihn an und habe das Gefühl, ebenso tief in ihn hinein zu sehen, wie er es für gewöhnlich bei mir macht. Er ist so stark. So überlegen. Und er hat ein so weiches Herz.

»Ich liebe dich Tarabas«, sage ich und halte dabei seinen Blick.

Es fällt mir nicht mehr schwer, die Worte auszusprechen. Im Gegenteil, die Wahrheit zu sagen ist plötzlich das Einfachste der Welt. Und sein Lächeln der schönste Dank.

Es ist früh am Morgen, als er aufsteht und natürlich bin ich auch sofort hellwach.

»Tut mir leid, dass ich dich geweckt habe«, flüstert er. »Ich muss zeitig aufbrechen, wir haben zwei lange Tagesritte vor uns bis Efferston!«

Jetzt schon? Wie gerne würde ich ihn noch einmal zurückholen und mich wieder an ihn kuscheln. Seinen starken Körper spüren. Wenigstens noch ein kleines Bisschen!

Doch es ist zu spät. Tarabas legt sein Kettenhemd an und seine ledernen Beinkleider, dazu die schweren Eisengurte um seine Mitte. Das Metall schimmert auf seiner dunklen Haut, schmeichelt ihm und unterstreicht seine Stärke.

»Geht nicht«, entfährt es mir, doch er lächelt nur.

»Sei nicht traurig über den Abschied Darina, freu dich aufs Wiedersehen. Dann wird Erntedank gefeiert und ich werde dir das geben, das du dir so sehr wünschst. Alle werden sehen, dass du die Eine für mich bist. Die Einzige!«

Unsicher lächle ich ihn an.

»Werdet Ihr dann mit mir über Eure Kriege sprechen, so wie gestern mit Zatira?«

Die Worte platzen aus mir heraus, ehe ich es verhindern kann. Es steht mir nicht zu, ihn so etwas zu fragen. Doch ich kann es nicht mehr rückgängig machen.

»Was redest du Darina? Ich habe nie mit Zatira über den Krieg gesprochen. Ich habe sie gestern noch nicht einmal gesehen!«

»Aber ich…«

Ein Klopfen an der Tür unterbricht uns. Zwei Krieger, die ihn holen, ihm sagen, dass es Zeit wird und dass sein Gefolge bereits auf ihn wartet.

Er will sich schon umdrehen, um ihnen zu folgen, doch ich rufe noch einmal nach ihm. Mit einem Satz bin ich aus dem Bett gesprungen, es ist mir ganz egal, dass ich nicht mit mehr als einem Leintuch bekleidet

bin und dass seine Männer meinen halb nackten Körper sehen.

»Nehmt das Medaillon. Es wird Euch beschützen!«,
sage ich und drücke ihm das goldene Amulett meiner
Großmutter in die Hand.

Ein Lächeln huscht über seine Lippen. »Keine Sorge,
ich werde zurück sein, noch bevor du mich vermisst«,
sagt er, dann folgt ein letzter Kuss auf meine Stirn.

»Unmöglich«, antworte ich, obwohl er schon zur Tür
hinaus ist. »Ich vermisse dich jetzt schon!«

Den ganzen Tag über fühle ich mich wie eine
Traumwandlerin. Das Waschen, das Essen, selbst der
morgendliche Ausritt gehen an mir vorüber, als wäre
ich überhaupt nicht daran beteiligt. Als wäre es eine
andere, die nach der Haarbürste greift, um das Brot
bittet, und schließlich Altinda über die Wiesen führt.
Es ist nicht das erste Mal, dass Tarabas fort ist und
doch fühlt es sich heute anders an als die Male davor.
Die Sonne gibt keine Wärme, das Singen der Vögel
hat seinen Klang verloren und selbst der Wein hat
keinen Geschmack. Es ist, als wäre alles Leben aus
der Burg verschwunden. Die Freude, die Unbe-
schwertheit.

Unruhig wandert mein geplagter Geist am Abend
durch die Gänge, findet keine Ruhe. Ich fühle mich
noch viel einsamer als zuvor, jetzt wo mein Geliebter
fort ist. Einmal überkommt mich sogar die Angst,
dass Zatira die Situation ausnützen könnte, um mir

etwas anzutun. Andererseits hätte sie schon viele Gelegenheiten gehabt, die ungenützt verstrichen sind. Ich habe sie heute zweimal gesehen, beim morgendlichen Gebet und später beim Abendbrot. Beide Male erschien sie mir ausgeglichener als sonst. Ein kleines bisschen weniger böse. Nicht einmal der Blick auf mich konnte sie aus der Ruhe bringen, meine Anwesenheit reichte noch nicht einmal aus, um ihr Lächeln erfrieren zu lassen.

Irgendetwas stimmt nicht, denke ich, als ich mich am Abend in meinem Bett hin und her wälze und doch keinen Schlaf finde. Es ist dieses beunruhigende Gefühl, das mich schon den ganzen Tag begleitet, und das ich doch nicht so recht zuordnen kann. Die Gedanken drehen sich in meinem Kopf. Die Müdigkeit. Die Angst. Die böse Vorahnung.

Ich sehe Bilder, die mir unablässig in den Sinn kommen und sofort wieder verschwinden. Dimitras. Das Zeichen des Teufels. Der Husar. Savanna und Endea. Zatira und ihr Gespräch mit Tarabas, das er so vehement bestritten hat. Ihre bösen Blicke. Ihr Lächeln heute.

Mein Blick fällt auf den Mond, der heute besonders rund und hell am Himmel steht. Seit Endea fort ist, kommt niemand mehr in mein Zimmer, um die Vorhänge zu schließen und ich selbst lasse sie auch offen. Ich mag es, wenn ich morgens die Sonne sehen kann und nachts den Mond und die Sterne. Zu wissen, dass es dort draußen noch etwas gibt. Etwas so Helles und Strahlendes, dass mir meine Sorgen und Ängste dagegen lächerlich klein vorkommen. Wie ein winziger Schatten im endlosen Licht.

Es ist bestimmt schon spät, vermute ich und hoffe, dass ich endlich zur Ruhe komme. *Wenn ich schlafe, wird es schneller morgen,* denke ich. *Ein neuer Tag ohne Geschmack. Ohne Musik. Ein neuer Tag ohne Tarabas. Wenn doch bloß die Tage bis zu seiner Rückkehr schneller vergehen könnten!*

Ein Geräusch am Gang reißt mich aus meinen Gedanken. Dann noch eines. Ich höre eine Tür zufallen. Ich bin nicht die Einzige, die um diese gottlose Zeit noch wach ist! Und ich habe das eigenartige Gefühl, genau zu wissen, wem es noch so geht.

Ohne nachzudenken springe ich aus meinem Bett, schiebe die Tür einen kleinen Spalt auf um in den Gang zu spähen. Ich kann nichts sehen in der Dunkelheit, außer einer Bewegung auf der obersten Treppe. Ich denke nicht weiter über die Konsequenzen nach, über die Gefahr, in die ich mich begebe, als ich der Gestalt auf leisen Sohlen folge. Da ist etwas, das spüre ich. Vielleicht ist das nun die Gelegenheit, etwas mehr zu erfahren!

Enttäuscht stelle ich unten in der Küche fest, dass es nur eine Zofe ist, die einen Wasserkrug auffüllt und der das Gefäß fasst aus den Händen rutscht, als sie mich sieht.

»Mein Gott, habt Ihr mich erschreckt!« Ihre großen Augen starren mich an, als wäre ich ein Gespenst.

»Bitte entschuldige«, stammle ich, »ich wollte dir keinen Streich spielen!«

»Kann ich Euch etwas holen, Kralica?«, fragt das Mädchen, als es sich etwas beruhigt hat.

»Nein danke, ich wollte nur ein bisschen herumlaufen, ich finde mich schon zurecht.«

Unsicher sieht sie mich an, so als ob sie überlegen würde, ob sie mich wirklich allein lassen kann. Da ihr nicht einzufallen scheint, was sie sonst tun könnte, zuckt sie schließlich mit den Schultern und verschwindet mit dem Krug in der Hand aus der Küche.

Ich lasse mich auf einen Stuhl sinken und starre in die Dunkelheit. Ich habe heute so wenig gegessen, dass mein Magen noch immer knurrt. Meine Finger ertasten ein Stück Brot, das ich mir gierig zwischen die Lippen stopfe. Noch immer fehlt der Geschmack.

Tarabas. Zatira. Dimitras. Savanna. Der Husar. Wieder beginnt das Karussell sich in meinem Kopf zu drehen, bis mir schwindelig wird. Ich spüre die Übelkeit in mir aufsteigen. *Mein Gott,* denke ich, *habe ich etwa schlechtes Brot erwischt?*

Hastig stürze ich vor die Tür, die Hand auf den Mund gepresst, gerade noch rechtzeitig, bevor ich mich in einen Schacht übergebe. Zwei Schritte früher und es hätte ein kleines Unglück auf den Gängen gegeben. Es war alles zu viel für mich, das scheint mein Magen ebenso zu sehen.

Gegen die Wand gelehnt bleibe ich stehen, versuche langsam zu atmen, bis ich mich wieder einigermaßen beruhigt habe. Dann gehe ich hastig die paar Schritte zum Brunnen, um mir gierig etwas klares, frisches Wasser ins Gesicht zu spritzen und in den Mund zu leeren.

Während ich so draußen in der Nacht stehe, denke ich an die Tragödie, die hier am Brunnen ihren Lauf nahm. Die Nacht, als ich Zatira mit dem Husaren sah. Es ist, als würde eine unsichtbare Macht mich anziehen, wie das Licht die Motten. Ein Magnet, der mich in seine Richtung ruft, dorthin zurück, wo alles begann. Wie eine Marionette stehe ich auf und gehe hinüber zu den Stallungen. Dieses Mal denke ich allerdings nicht an Altinda, sondern nur an Zatira und ihren Geliebten. Schritt für Schritt komme ich näher, ohne auch nur einen Laut von mir zu geben. Es ist dunkel, es ist ruhig. Kein verräterisches Stöhnen oder Knallen dringt aus den Hallen, so wie damals. Trotzdem kann ich spüren, dass sie da sind.
Auf Zehenspitzen schleiche ich um das Gebäude herum, störe die nächtliche Ruhe der Pferde, die mich vereinzelt mit einem verächtlichen Schnauben strafen. Dennoch bleiben sie ruhig und verraten mich nicht. Ein Wiehern und meine Anwesenheit würde publik werden.
Ich komme zur Hinterseite, gehe schnurstracks auf die verhängnisvolle Tür zu, die mir seinerzeit ihre

Sünde offenbarte. Dieses Mal allerdings, steht die Tür nicht offen, sondern sie ist verschlossen. Ich falle vor dem prägnanten Griff auf meine Knie, spähe durch das Schlüsselloch wie ein gewöhnlicher Dieb. Ich spüre, dass jemand da drinnen ist. Ich kann SIE spüren. Doch ich sehe nichts und auch die Laute werden von den dicken Holzwänden verschluckt. Ungeduldig wandern meine Augen über die Balken, suchen nach einem Spalt oder einer Luke, die fähig ist mir Einsicht zu gewähren. Ich gehe die Wand entlang, taste über die sperrigen Holzbretter. Nichts, absolut gar nichts kann ich finden. Und dann, als ich gerade in einer dunklen Nische angekommen bin, passiert das Unerwartete: Die Tür wird plötzlich aufgestoßen. Erschrocken taumle ich zurück, drücke mich in meine Ecke, sodass mich die Dunkelheit verschluckt.

Nicht einmal fünf Schritte von mir sehe ich Zatira aus der Tür schreiten, knapp gefolgt von ihrem unheilvollen Liebhaber.

»Wir sollten uns eine Weile nicht sehen«, sagt sie leise, »ab morgen muss ich die trauernde Witwe spielen.«

Witwe? Aber Tarabas ist doch nicht … ein eisiger Schauer kriecht mir über die Schultern.

»Wie Ihr wünscht, meine Teuerste«, antwortet der Husar ungewöhnlich charmant. »Doch sobald Dimitras auf dem Thron sitzt, fordere ich ein, was mir zusteht.«

»Gewiss mein Liebster,« sagt sie und schmiert ihm Honig ums Maul. »Du hast deine Aufgabe mit Bravour gelöst. Auf einen Schlag sind wir beides los - die Probleme hier und die lächerlichen Einwände gegen den Krieg mit den Naori.«

Aufgabe? Dimitras am Thron? Mir schwant Fürchterliches, als ich die beiden Gestalten durch die Burgtore in die Dunkelheit verschwinden sehe. Mein Gott, was hat sie nur getan?

Mein Herz rast wie verrückt, mir ist so heiß, dass ich glaube jeden Moment kollabieren zu müssen. Tarabas ist in Gefahr, das spüre ich ganz deutlich. Ich darf nicht zulassen, dass ihm etwas geschieht!

Unruhig scharre ich mit den Füßen im Sand, bis ich sicher sein kann, dass die Gänge wieder frei sind und dass die beiden Übeltäter sich zurück in ihre Schlangengrube verzogen haben. Dann schleiche ich mich auf leisen Sohlen ebenfalls zurück in die Burg, bleibe erst stehen, als mein Blick auf die geöffnete Tür des Ratszimmers fällt. Ich muss wissen, was passiert ist. Ich muss wissen, welche Untat Zatira im Begriff ist zu begehen.

Wie dunkle Schatten hallen ihre Worte von vorgestern durch den leeren Saal.

»Du musst handeln. Besser heute als morgen. Du musst die Reise ins Land der Naori zur Friedensverhandlung nutzen! Wenn du bis nach dem Erntedankfest wartest, könnte es zu spät sein. Dann geht es nicht nur dir an den Kragen, sondern auch mir und unserem Sohn!«

Plötzlich fühlt es sich an, als hätte mich jemand mit Eiswasser übergossen. Die feinen Härchen an meinen Armen stehen zu Berge. Alles in mir zieht sich schmerzlich zusammen und ich habe das Gefühl zu ersticken.

Sie hat Tarabas nicht getroffen und sie hat auch nicht davon gesprochen, den Krieg zu verhindern. Sie hat von etwas ganz anderem geredet: Vom Erntedankfest. Von der Tatsache, dass der Kral dort öffentlich machen will, dass sie nicht länger die erste Kralica ist, die Königin. Das Gespräch, das ich belauscht habe, war kein Gespräch mit Tarabas, sondern über Tarabas. Mit jemandem, der zu allem fähig ist. Jemandem, zu dem sie ebenfalls sagen würde, dass die Zukunft ihres gemeinsamen Sohnes in Gefahr ist: die Schlange! Sie hat den Husaren aufgefordert, den Kral zum Schweigen zu bringen und die Reise zu den Friedensverhandlungen war der ideale Zeitpunkt für den Angriff. Alle würden denken, dass die Naori ihr Wort gebrochen hätten!

Alles um mich dreht sich und es kommt mir vor, als würde ich gleich in ein dunkles Loch stürzen. Ich kann mich gerade noch an einem breiten Tisch aus Eiche abstützen, bevor ich auf den Boden krache und Gott weiß wen alles auf mich aufmerksam mache.

Zitternd vor Wut und Angst stürme ich zurück auf den Gang, laufe schnurstracks auf den Trakt zu, der mir eigentlich verboten ist. Der Trakt, in dem die Krieger schlafen. Durch eine Luke sehe ich den Mond, der in seiner vollen Pracht am Himmel steht. Ich kann bloß beten, dass es noch nicht zu spät ist!

Ohne mich mit Formalitäten wie Anklopfen aufzuhalten, stoße ich die erste Tür auf, zu dem Raum in dem der große, stämmige Krieger mit dem Stiernacken schläft. Der Mann, den ich so oft an der Seite des Krals gesehen habe. Der mich damals, an unserem ersten Tag, bei meiner versuchten Flucht eingefangen hat.

»Wildron, ich muss mit dir sprechen!«, platze ich heraus.

Ein schlaftrunkener Mann starrt mich mit ausdruckslosen Augen an.

»Verschwinde Weib, ich schlafe schon!«

»Es ist wichtig!«, bleibe ich standhaft. »Das Leben des Krals ist in Gefahr!«

Mit einem Ruck sitzt er aufrecht im Bett, wie eine Kerze. Seine Augen sehen mich klarer an. Direkter.

»Was sagt Ihr da, Kralica?«

»Es ist eine Falle! Eine Verschwörung! Sie wollen Tarabas auf seiner Reise nach Efferston töten!«

Ich erzähle Wildron von den Gesprächen, die ich belauscht habe und er zweifelt kein bisschen daran, dass der Husar tatsächlich einen Anschlag geplant haben könnte. Sofort springt er auf und weckt ein Dutzend seiner besten Krieger, um die schnellsten

Pferde zu satteln und im Schutz der Dunkelheit dem Kral und seinem Gefolge zur Hilfe zu eilen.

Ich bleibe vor den Ställen zurück, sinke auf meine Knie und beginne zu beten. Bete, dass sie rechtzeitig bei ihm sind, bevor die Verräter zuschlagen. Bete, dass es meinem Kral gut geht und dass er zu mir zurückkehrt. Mehr kann ich nicht tun.

Es ist Freitagnachmittag und ich bin gerade vor dem Tor, als in der Ferne ein Reiter auftaucht. Ein Pretarier, wie mir seine Flagge sofort verrät. Einer, der Nachricht bringt. Mein Herz krampft sich nervös zusammen. Ich bin ein einziges Nervenbündel.

Er ist noch nicht hier, als ich sehe, was er in den Händen hält. Einen langen, schwarzen Haarzopf. Tarabas' Haarzopf!

Nein!

Neeeiiiin!

Die Welt um mich wird schwarz.

Dunkelheit.

Gewitter.

Alles bricht über mich herein. Wie durch Nebel nehme ich wahr, wie die anderen nach draußen gelaufen kommen. Katalina. Helena. Shana. Zatira. Der Husar.

Der Krieger hebt den Zopf, als er uns die traurige Nachricht überbringt. Er berichtet, wie die gesamte Truppe in einen Hinterhalt geriet und angegriffen wurde. Übelkeit steigt in mir auf, während er seine Lügen erzählt.

»Ein Dutzend unserer Männer gegen einhundert Naori-Krieger. Ein aussichtsloser Kampf, auch wenn sich Tarabas und seine treuen Krieger bis zuletzt tapfer geschlagen haben. Der Kral hat mindestens sechs ihrer Leute getötet«, sagt der Gefolgsmann, »und acht weitere verwundet. Doch sie waren in der Überzahl. Sie haben uns abgeschlachtet, einen nach dem anderen. Es war grauenhaft! Mich ließen sie bloß am Leben, um die schreckliche Botschaft zu überbringen.«

Er spielt seine Rolle gut, die anderen scheinen tatsächlich zu glauben, dass die Naori den Kral angegriffen haben. Mieser Verräter! Um mich herum bricht Chaos aus. Tränen. Geschrei. Gespielte Verzweiflung bei Zatira, der falschesten aller Schlangen. Ich ertrage den Anblick nicht. Und ich kann die Übelkeit nicht länger zurückhalten. Ich muss weg. Sofort!

Ich stürze in mein Zimmer, werfe mich schluchzend aufs Bett. Das darf nicht wahr sein. Es kann einfach nicht wahr sein! Ich habe gespürt, dass etwas nicht stimmt! Ich habe doch Wildron gewarnt und Tarabas zur Hilfe geschickt! Wäre ich bloß früher zu ihm gegangen!

Die Tränen tränken langsam mein Bett, sickern durch die Kissen und hinterlassen die traurige Spur meiner Hilflosigkeit. Ich weiß nicht, wie lange ich regungslos hier liege. Mir fällt erst auf, dass der Tag vorüber ist, als sich langsam Dunkelheit über mein Gemach ausbreitet. Ich zwinge mich, aufzustehen und zur Luke zu gehen. Eine Weile stehe ich dort und starre hinaus in den Nachthimmel. Der Mond leuchtet so hell, wie er immer leuchtet. Die Sterne scheinen, als ob nichts geschehen wäre. Doch sie können es noch so sehr versuchen, sie können mich nicht täuschen. Ich weiß, dass der hellste von ihnen erloschen ist.

EPILOG

Es ist stockdunkel, als er seine Augen öffnet. So dunkel, dass er nicht sagen kann, ob er draußen ist oder drinnen. Ob er noch am Leben ist oder schon tot. Sein Körper schmerzt fürchterlich, also scheidet der Himmel aus. Die Glieder fühlen sich schwer und taub an, der Brustkorb brennt bei jedem Atemzug, möglicherweise sind ein paar Rippen gebrochen. Er will zur schmerzenden Stelle greifen, doch er kann seine Hände nicht bewegen. Schwere Ketten fixieren die Handgelenke hinter seinem Rücken. Er versucht daran zu zerren, doch die Fesseln sind stark. Massives Eisen wahrscheinlich. Trotzdem rüttelt er weiter, versucht die Handgelenke durch die engen Schlaufen zu ziehen. Es ist aussichtslos. Jemand hat sich große Mühe gegeben, ihn ruhig zu stellen.

Ein fahler, muffiger Geruch steigt ihm in die Nase. Ein Verlies, schießt es ihm in den Kopf. Er muss sich irgendwo unter der Erde befinden. Warum nur? Und wie lange schon? Die Bilder des schrecklichen Kampfes drängen sich zurück in seinen Kopf. Der Hinterhalt. Seine Männer. Die Überzahl brutaler Söldner, die seine treuesten Krieger abgeschlachtet haben wie Vieh. Dazu die Verräter in den eigenen

Reihen, die ihm so feige in den Rücken gefallen sind. Warum haben sie sein Leben verschont? Oder besser gefragt - wer hat sein Leben verschont?

»Du?«

Seine Augen blinzeln gegen das Licht, das die Fackel in seinen Kerker wirft. Die Dunkelheit hat ihn blind gemacht, es dauert eine Weile, bis er sich an das Feuer gewöhnt. Um ihre Anwesenheit zu erkennen, braucht er allerdings nichts zu sehen. Er würde auch blind spüren, dass sie da ist.

»Hallo Tarabas«, sagt ihre Stimme so kalt und teilnahmslos, wie nur die Stimme einer Verräterin klingen kann. »Schön, dass du wach bist.«

Sie kommt langsam näher, schleicht um ihn herum wie eine Katze und lässt sich schließlich neben ihm nieder. Sie ist so nahe, dass er sie riechen kann. Und doch hält sie ausreichend Sicherheitsabstand, als hätte sie ein wildes Tier vor sich.

»Du hast mich verraten, um deine Stellung zu sichern? Deine Rolle als Kralica?«

Ungläubig starrt er in das blasse Gesicht mit den gelbgrünen Augen.

»Aber nein, mein Liebster, wo denkst du hin? Ich wollte auch Dimitras Stellung sichern. Seinen Thron.«

»Kennst du mich wirklich so schlecht, Zatira, dass du annehmen würdest, dass ich meinem eigenen Sohn das Recht verwehre? Dass ich ihn bestrafe für das, was zwischen uns vorgefallen ist?«

Ein bitteres Lachen füllt den Raum.

»Du denkst noch immer dass er dein Sohn ist? Das ist so naiv von dir Tarabas.«

Die kalte Hand der Kralica streicht über seine schmerzende Wange.

»So dumm!«

Ein eisiger Schauer läuft über seinen Rücken. Er hat das Gefühl, dass die Temperatur in dem kleinen, muffigen Kerker schlagartig fällt. Wie konnte er sich nur so täuschen? Er hat die Zeichen gesehen. Er wurde gewarnt, immer wieder. Sogar von Darina. Und doch hat er seiner Frau, seiner Königin geglaubt, als sie ihm versicherte, der Junge sei von ihm. Als sie alles zugab, sich zu den schwerwiegenden Vorwürfen der Untreue und des Verrates schuldig bekannte, aber dennoch bei ihrem Leben schwor, ihm bei dieser einen, alles entscheidenden Frage, die Wahrheit zu sagen.

Sie ist eine Hexe! Eine Ausgeburt der Hölle. Sie kann nur eine Kreatur des Teufels sein!

Es dauert eine Weile, bis seine Stimme die unerträgliche Stille bricht.

»Wieso bin ich noch am Leben, Zatira?«

Ein kühles Lächeln umspielt ihr Gesicht, als sie sich zu ihm nach vorne lehnt, um ihm tief in die Augen zu sehen.

»Ich denke, du weißt warum, Tarabas. Du hast etwas, das mir gehört!«

LIEBE LESERINNEN,
LIEBE LESER,

ich hoffe, dass euch die Lektüre meiner Geschichte ebenso viel Spaß gemacht hat, wie mir das Schreiben!

Ich freue mich über Rezensionen und bin gerne für Kommentare, Anregungen und Fragen per Email erreichbar: leona.ravens@gmail.com

Alles Liebe,

Eure
Leona Ravens

DANKSAGUNG

Mein größter Dank gilt M., ohne den ich wohl gar nicht erst zu schreiben begonnen hätte. Vielen Dank fürs gute Zureden, die Geduld, die Ratschläge und die kreative Unterstützung.

Ein großes Dankeschön auch an E., K., O. und N., die mich als Lektoren und Kritiker unterstützt haben, und nicht nur Text- und Grammatik, sondern auch den Inhalt meines Romans einer eingehenden Prüfung unterzogen haben.